마정록

5

장담 신무협 장편소설

ORIENTAL FANTASY STORY & ADVENTURE

dream
books
드림북스

마정록(魔情錄) 5 마정만리(魔情萬里)

초판 1쇄 인쇄 / 2012년 10월 8일
초판 1쇄 발행 / 2012년 10월 12일

지은이 / 장담

발행인 / 오영배
편집팀장 / 권용범
책임편집 / 편집부
펴낸 곳 / (주)삼양출판사 · 드림북스

주소 / 서울특별시 강북구 송천동 322-10호
대표 전화 / 02-980-2112 팩스 / 02-983-0660
편집부 전화 / 02-980-2116 팩스 / 02-983-8201
블로그 / blog.naver.com/dreambookss

등록번호 / 제9-00046호
등록일자 / 1999년 3월 11일

ISBN 978-89-542-4850-1 (04810) / 978-89-542-4845-7 (세트)

* 지은이와 협의하에 인지는 생략합니다.
* 잘못된 책은 구입한 곳에서 바꾸어 드립니다.

意中靑翔

마정록

5

마정만리(魔情萬里)

장담 신무협 장편소설

ORIENTAL FANTASY STORY & ADVENTURE

dream
books
드림북스

차 례

第一章

아들이라니!

　헌원려려의 손을 꼭 잡고 있던 북궁천이 의아한 표정으로
물었다.

　"누구?"

　그러고 보니 정신을 잃기 전에도 그 이름을 말했던 것 같
다.

　진아가 누굴까? 누군데 헌원려려가 잊지 못하는 걸까?

　"려려, 진아라고 했어? 그게 누구지?"

　헌원려려의 바싹 마른 입술이 가늘게 떨리며 열렸다.

　"진아…… 아들……."

　순간 북궁천의 표정이 괴이하게 이지러졌다. 워낙 충격이 커서 누구에게 맞은 것처럼 머릿속이 윙윙거렸다.

아들이라니!

자신이 잘못 들은 것 아닐까?

설마 헌원려려와 구양우경 사이에 아들이 생긴 것은 아니겠지?

'아냐, 그럴 리가 없어! 말도 안 돼!'

북궁천의 헌원려려를 잡고 있는 손이 사시나무처럼 떨렸다.

"아들이라니? 려려에게 무슨 아들이 있다는 거지?"

제발 아니라고 해 줘!

'아닐 거야! 절대 아닐 거야!'

하지만 헌원려려는 그의 기대를 저버렸다.

"미안…… 해요. 진즉 말했어야 하는데……."

북궁천은 이를 악물었다.

맙소사! 대체 어떻게 된 일이란 말인가?

헌원려려에게 아들이라니!

그녀의 손을 잡고 있는 북궁천의 손이 덜덜 떨렸다. 침착하려고 했지만 손이 말을 듣지 않았다.

"서, 설마 그 애가 그놈의……?"

"바보…… 같은 사람……."

"그래, 나는 바보다. 그러니 솔직히 말해 줘, 려려. 절대 화 안 낼 테니까."

헌원려려는 북궁천의 생각을 짐작하고 가슴이 먹먹했다.

'모두 내 잘못이야. 이분이 오해하는 것도 당연해.'

구양우경과 억지 혼약을 하긴 했지만 조건을 달았다. 혼인 전에는 절대 자신의 몸을 건드리지 않기로.

구양우경은 마지못해서 그녀의 제안을 수락했다.

그 후로 그는 몇 번이나 욕심을 품었지만 그녀는 약속을 내세우며 끝끝내 그를 거절했다.

실낱같은 희망을 품은 채.

하지만 그녀가 아무리 아니라 말해도 믿을 사람이 몇이나 될 것인가. 북궁천뿐만이 아니라 세상 누구라도 구양우경이 그녀를 품었을 거라 생각할 것이다.

어쩌면 평생 짊어져야 할 업보일지도……

그녀는 눈물이 맺히려는 눈으로 북궁천을 보며 최대한 미소를 지어 보이려고 노력했다.

"당신도 내 고집 알잖아요."

"그, 그거야 잘 알지."

북천마제조차 이기지 못한 고집이다. 북궁천이 아는 한 고집 하나는 헌원려려가 천하제일일 거다.

"삼성궁으로 갈 때 약속을 받았어요. 정식으로 혼인하기 전에는 절대 저를 건드리지 않기로."

북궁천이 그 말을 듣고 환한 표정을 지었다.

괜찮다고 말을 하긴 했지만 솔직히 가슴이 무척 쓰렸다.

그런데 그게 아니란다.

"그래? 그건 정말 잘했어! 하하하! 그 자식, 결국 헛물만 켰군."

그렇게 좋아하던 북궁천의 얼굴에서 서서히 웃음이 사라졌다.

"가만? 그, 그럼 그 아기는……?"

목소리가 잘게 떨렸다.

헌원려는 느릿하게 고개를 끄덕였다. 그 바람에 매달려 있는 눈물이 끝내 볼을 타고 흘러내렸다.

"진아는…… 당신 아들이에요."

당신 아들!

북궁천은 그 말을 듣고 석상처럼 굳어 버렸다.

눈을 두어 번 깜박인 그는 풍 걸린 사람처럼 입술을 덜덜 떨며 겨우 물었다.

"그, 그럼…… 그때 그 일로…… 아들이 생겼단…… 말?"

헌원려는 대답하기가 힘겨운지 미소를 지으며 대답을 대신했다.

북궁천이 벌떡 일어났다.

"맙소사, 어떻게 그런 일이? 그럼 정말 내 아들이 있단 말이야? 맙소사, 말도 안 돼."

그는 정신없이 좌우를 오가며 중얼거렸다.

그러다 갑자기 움직임을 멈춘 그가 헌원려를 빤히 바라

보았다.

"그 말, 정말이지?"

헌원려려가 다시 고개를 끄덕였다.

북궁천은 다시 그녀 곁에 바짝 달라붙었다.

"내 아들이 있단 말이지? 정말 나와 려려 사이의 아들이란 말이지? 구양우경의 아들이 아니고? 정말이지?"

헌원려려가 희미한 미소를 지었다.

"그런데 왜 진즉 그 말을 안 했지? 나 미치게 만들려고 그런 거야?"

"했으면…… 가만…… 있었겠어요?"

절대 그랬을 리가 없다. 아마 앞뒤 가리지 않고 헌원려려를 납치해서라도 뛰쳐나왔을 것이다.

막는 놈은 다 때려죽이고!

그리고 아들을 찾기 위해서 달려갔겠지!

그제야 북궁천은 헌원려려가 말하지 않은 이유를 이해할 수 있었다.

려려는 자신을 너무나 잘 알아서 탈이었다.

'그래도 지금은 옛날하고 많이 달라졌는데, 좀 믿어 보지.'

조금 서운한 마음이 들긴 했지만 중요한 것은 지나간 일이 아니다.

"그 아이, 진아. 내 아들은 어디 있지?"

그 때 문이 열리는 소리가 나더니 공손설의 떨리는 목소리가 들렸다.

"아들이라니요? 무슨 말이에요, 오빠?"

"어서 와라, 설아야. 려려가 이제 말도 한다. 하하하!"

공손설은 혼란스런 표정으로 헌원려려의 침상으로 다가왔다.

북궁천은 그제야 조금 전의 질문에 대답했다.

"려려하고 나 사이에 아들이 있다지 뭐냐."

아들이든 딸이든 자식이라는 것은 하늘에서 뚝 떨어지는 게 아니다.

공손설이 왜 그걸 모를까?

노력하면 두 사람 사이를 파고들 수 있을 거라 생각했는데 더 높고 두꺼운 벽이 앞을 가로막은 것만 같다.

하지만 그녀는 마음을 가까스로 가라앉히고 먼저 헌원려려에게 축하 인사를 했다.

"정신이 드셔서 정말 다행이에요, 언니."

헌원려려는 미소를 지으며 고개를 보일 듯 말 듯 끄덕였다.

공손설은 몇 번이나 망설이다가 입술을 잘근 깨물고 조심스럽게 물었다.

"정말…… 오빠와 언니 사이에 아들이 있는 거예요?"

"응……."

"어디 있어요?"

그 질문에 북궁천도 헌원려려를 바라보았다.

"맞아, 진아는 어디 있지? 포원산장?"

그런데 헌원려려가 고개를 저었다.

"그럼 어디에?"

"삼성궁에……."

북궁천의 표정이 서서히 굳어 갔다.

"삼성궁에 있다고? 진아, 나와 려려의 아들이?"

"그래서…… 데리러 가려고…… 했던 거예요."

북궁천이 자리에서 벌떡 일어났다. 당장 삼성궁으로 달려가기라도 할 것처럼.

하지만 잠시 생각하더니 다시 자리에 앉았다.

"아니지, 려려가 낫는 걸 보고 가야겠어."

그런데 헌원려려가 힘겹게 입을 열었다.

"가요. 가서…… 데려와요. 궁주님이 허락했으니……."

"일단 려려가 회복하는 거 보고."

"난 이제 괜찮아요. 빨리 가서…… 진아를……."

북궁천은 헌원려려의 계속된 재촉에 마음이 흔들렸다.

자신인들 왜 가고 싶지 않을까? 자신과 헌원려려의 아들이 수천 리 밖에 있거늘!

그러나 이제 겨우 정신을 차린 헌원려려를 두고 가려니 발이 떨어지지 않았다.

"내가 가도 괜찮겠어? 갑자기 악화되기라도 하면 어떻게 하지?"

그 때 공손설이 말했다.

"일단 방 의원님께 물어봐요."

곧 방곡추가 들어왔다. 헌원려려의 상태를 자세히 살펴본 그는 간단하게 그녀의 상태를 설명했다.

"내일부터 조금씩 걸어 다녀도 될 것 같군."

근육과 관절은 북궁천이 매일 풀어 줘서 굳어 있는 곳이 없었다. 그저 힘이 없을 뿐.

그렇다고 해서 문제가 없는 것은 아니었지만 그에 대해서는 아직 말할 수가 없었다.

"내가 지어 준 약만 꾸준히 먹으면 괜찮아질 거네."

해서 그렇게만 말했다.

방곡추의 말에 안도한 북궁천은 헌원려려의 손을 잡았다.

"그럼 가서 진아를 데려오마. 그때까지 건강을 완전히 되찾아야 한다."

헌원려려는 미미하게 고개를 끄덕이며 미소를 지으려 노력했다.

하지만 웃음 대신 눈물이 흘러내렸다.

"그 아이 몸이 좀 안 좋아요. 그러니 조심해서 데려와요."

움찔한 북궁천이 눈을 크게 뜨고 헌원려려를 바라보았다.

"몸이 안 좋다고?"

"태어났을 때부터 선천적으로 맥이 약해요. 그래서……."

헌원려려는 착잡한 표정으로 사정을 설명했다.

진아의 어디가 안 좋은지, 자신이 왜 구양우경과 혼인을 약속할 수밖에 없었는지.

그제야 사정을 안 북궁천은 그녀가 더 안쓰럽게 느껴지는 한편 미안한 마음이 들었다.

"결국 나 때문에 려려만 고생했군. 정말 미안하다."

"아니에요. 미안한 건 저예요. 그냥 검원장에서 아이를 낳았어야 하는데……."

"려려는 미안해할 것 없다. 다 나 때문이니까. 그러니 마음 편히 먹고 몸부터 나아."

"고마워요."

"고맙긴, 내가 고맙지."

그 때 헌원려려의 말을 묵묵히 듣고 있던 방곡추가 말했다.

"아무래도 절맥증인 것 같군."

북궁천이 다급히 물었다.

"절맥증?"

"맥이 약해서 기가 잘 통하지 않는 병이지."

"고칠 수 있겠소?"

"봐야 알지."

북궁천은 방곡추에게 아이를 부탁하고 싶었다.

불안감이 없는 것은 아니었다.

혹시 아이에게도 칼을 들이대는 것 아닐까? 구멍을 뚫겠다고 송곳이라도? 기다란 침을 푹 찔렀다가 잘못되면 어쩌지?

하지만 헌원려려를 고친 사람이 아닌가?

설마 아기에게까지 그러진 않겠지!

그렇게 생각한 그는 방곡추를 직시한 채 말했다.

"내가 데려오겠소. 데려오면 방 의원이 좀 봐주쇼."

"보기 전에는 고친다는 장담을 할 수 없어. 그래도 일단 데려와 봐. 최소한 어디가 어떻게 아픈지 정도는 알아낼 수 있으니까."

"고맙소."

북궁천은 방곡추를 향해 고개를 숙이고는 공손설을 바라보았다.

"잘 지켜. 만약 갔다 와서 아픈 곳 있으면 알아서 해."

공손설은 입술을 삐죽거리며 북궁천을 흘겨보았다.

왜 안 가냐며 타박할 때는 언제고, 이제는 집 지키는 강아지 취급한다.

한편으로는 원망스럽고, 한편으로는 반가웠다.

"차라리 저희 집으로 옮기는 게 어때요? 여기에 있으면 위험할지도 모르잖아요. 오빠가 아기를 찾아서 데려올 때 저희 집에 들러서 데려가시면 될 것 같은데."

북궁천은 단칼에 잘라서 거절하려다가 멈칫했다.

그러고 보니 전에도 곽전유가 공손설을 납치하기 위해 이곳까지 온 적이 있지 않던가?

천사교가 자신을 추적해 올지도 모르는 일. 자신이 삼성궁에 다녀올 동안 철군성에 머문다면 헌원려려의 안전에 대해서는 걱정하지 않아도 될 듯했다.

왠지 음흉한(?) 냄새가 풍겨서 그렇지.

'저것이 무슨 꿍꿍이가 있는 것 같은데⋯⋯.'

공손설은 북궁천의 마음이 흔들렸다는 것을 귀신같이 눈치채고 몇 마디 덧붙였다.

"저도 너무 오래 나와 있어서 집에 가 봐야 돼요. 오빠도 언니가 안전하게 있어야 마음이 놓일 거 아니에요? 철군성에 가면 뛰어난 의원이 있으니 언니 치료도 할 수 있고요."

그녀가 가면 염구악과 엽청문, 능소소가 따라간다.

태극문 제자들을 남겨 놓는다 해도 그들만으로는 아무래도 안심이 되지 않았다.

"음, 그것도 괜찮은 생각이긴 한데 말이야⋯⋯."

그가 미적거리자 공손설이 독단적으로 결정을 지어 버렸다.

"그럼 그렇게 해요. 나가서 준비하라고 할게요. 운봉사에 가마가 있었는데, 지금도 있나 알아봐야겠어요."

그러고는 대답도 듣지 않고 휙 나가 버렸다.

북궁천은 공손설이 나간 방문을 잠시 째려보고는 헌원려려를 향해 고개를 돌렸다.

"괜찮겠어?"

헌원려려는 공손설의 속셈을 알면서도 희미하게 미소를 지으며 고개를 끄덕였다.

'그래, 저분에게는 나처럼 고집만 센 여자보다 설아처럼 명랑한 여자가 나아.'

"그럼 준비하고 오마."

북궁천은 헌원려려의 손을 한 번 쥐고는 밖으로 나갔다.

방문이 완전히 닫히고도 셋을 셀 시간이 흐를 즈음, 방곡추가 들릴 듯 말 듯 나직한 목소리로 뜻 모를 말을 꺼냈다.

"정말 말하지 않을 생각이냐?"

"부탁드리겠습니다, 의원님."

방곡추는 차분한 목소리로 말하는 헌원려려를 착잡한 눈빛으로 바라보았다.

정신을 차리긴 했지만, 그녀의 몸은 뇌의 혈맥이 막히기 이전부터 심각한 문제가 있었다.

그 문제는 스승조차 발견하지 못할 정도로 깊이 숨어 있어서 자신도 그녀가 깨어난 후에야 눈치챘다.

아마 자신조차도 남들과 다른 방식의 의술을 익히지 않았다면 몰랐을 가능성이 컸다.

그런데 자신이 그 사실을 북궁천에게 알리려고 하자, 그녀가 떨리는 손으로 자신의 손을 잡고 고개를 저었다.

아마도 전부터 자신의 몸에 이상이 있다는 걸 알고 있었던 것 같았다. 정확한 것은 알지 못했겠지만.

'그래서 아기가 절맥증에 걸린 건가?'

어쩌면 그럴지도 모른다. 아기를 낳으면서 더 심해졌을 수도 있고.

어쨌든 더 큰 문제는, 자신조차도 당장은 해결할 수가 없는 상황이라는 것이다.

"약을 꾸준히 먹고 희망을 버리지 마라. 희망이야말로 그 어떤 영약보다 명약이니까."

"예, 의원님. 고맙습니다."

한편, 북궁천이 밖으로 나갔을 때는 사람들이 이미 모두 모여 있었다.

방곡추를 부르네, 어쩌네 하는 사이 모두들 사정을 들은 터였다.

염구악은 '저런 숙맥도 아기를 만들 줄은 아는구나.' 하는 마음이었고, 태극문 제자와 이조량은 대형에게 아기가 있다는 사실에 가슴이 설레었다.

자신들에게는 조카가 있다는 말이니까.

북궁천은 반짝이는 눈빛으로 바라보는 태극문의 세 제자와 이조량을 둘러보았다.

그들은 이전과 확연히 달라져 있었다.

그동안 천조혈심기로 경맥을 정화해 준 후 크게 신경 쓰지 못했던 북궁천은 그들의 변한 모습이 마음에 들었다.

"이제 그럭저럭 한 사람 몫은 할 수 있겠군."

네 사람은 그 말만으로도 가슴이 뿌듯했다.

이정한이 힘차게 공수의 예를 취하며 허리를 숙였다.

"앞으로는 두 사람, 세 사람 몫을 할 수 있도록 노력하겠습니다, 대형!"

북궁천은 그를 향해 고개를 끄덕여 주고 염구악을 바라보았다.

"수고하셨수."

"그동안 저놈들에게 어찌나 시달렸던지 삭신이 다 쑤시네. 나도 이제 늙긴 늙었나 보군."

염구악이 이정한 등을 눈짓으로 가리키며 투덜댔다.

심심풀이로 도와주려다가 밑천까지 털린 그였다.

그래도 싫은 기분은 아닌 듯 대견해하는 마음이 표정에 그대로 드러나 있었다.

그 때 공손설이 운봉사 승려들이 있는 불전에서 나오며 환한 표정을 지었다.

"오빠, 가마가 있대요."

"정한, 아우들과 함께 가서 가마를 가져와라. 우리가 다녀올 동안 려려를 철군성에서 쉬게 해야겠다."

"예, 대형."

태극문 제자와 이조량이 가마를 가지러 불전 쪽으로 달려갔다.

그 때였다.

저 아래쪽에서 쩌렁쩌렁한 목소리가 울렸다.

"와하하하하! 궁주! 저희가 왔습니다! 그동안 잘 지내셨습니까?"

많이 들어 본 목소리.

북궁천의 신형이 죽 늘어지는가 싶더니 어느새 절벽 쪽으로 다가가서 아래쪽을 내려다보았다.

일곱 명이 절벽을 평지처럼 밟으며 올라오고 있었다.

"저것들이 어떻게?"

북궁천의 눈이 휘둥그레졌다.

먼저 커다란 덩치가 보였다. 복장은 북천에 있을 때와 확연히 달랐지만 몇 번을 봐도 장추람이었다.

그리고 냉호와 철교신, 마제의 직속 호위인 북풍사객이 그와 함께 산을 오르고 있었다.

*　　　*　　　*

"북천의 주인이신 마제를 뵙습니다!"

장추람과 냉호, 철교신, 북풍사객이 절도 있게 무릎을 꿇으며 예를 올렸다.

북천의 복장이 아닌 중원의 복장. 나름대로 준비를 철저히 하고 온 듯했다.

"일어나."

북궁천은 그들이 일어난 후에야 툭 쏘듯이 물었다.

"어떻게 찾았어?"

장추람이 씩 웃으며 대답했다.

"저희가 손 놓고 있을 줄 아셨습니까?"

"일 년 후에 돌아간다고 했잖아. 그것도 못 기다려?"

"저희가 누굽니까? 궁주님이 무슨 생각을 가졌는지 모를 줄 알았습니까? 여차하면 돌아오지 않을 생각 아니었습니까? 그렇죠?"

"흥, 너희가 아니라 그 백여우가 눈치챘겠지."

가릉효, 그러면 자신의 마음을 눈치채고도 남을 사람이다.

아마 이들을 보낸 것도 그일 것이 분명했다.

"그 여우가 보냈느냐?"

"예, 궁주. 궁주님이 용천보를 지나서 황하를 건넜다는 걸 알고 군사가 사람을 풀어 두었습죠. 그런데 궁주님이 다시 황하를 건너와서 면산에 머물고 계신다는 연락이 왔지 뭡니까? 그래서 군사가 급히 저희를 보낸 겁니다."

"왜? 내가 도망갈까 봐?"

장추람이 커다란 손을 휘휘 저었다.

"설마요? 그냥 궁주님을 공손히 모시고 오라는 명령이었습죠."

"그런데 셋을 다 보내? 거기다 사객까지?"

그 말에 냉호가 항상 그렇듯이 냉랭하게 대답했다.

"군사가 오죽하면 우릴 보냈겠습니까, 주군? 이제 그만 가시죠."

"아직 못 가."

"헌원 소저, 아니, 주모님께서 아직 안 나으셨습니까?"

그것까지 아는 걸 보니 전부 다 알고 온 것 같다.

하긴 가릉효가 오죽 철저한 사람인가?

하지만 자신은 정말 갈 수 없었다.

"정신은 차렸다. 그런데 아직 갈 수 없어."

"저희가 모시겠습니다. 정신을 차리셨으면 곧 나으시겠죠."

"안 돼. 아직 할 일이 있어."

"저희가 하겠습니다."

"중원으로 다시 가야 돼."

장추람의 눈이 휘둥그레졌다.

"예? 중원에는 왜? 설마 그들에게 빚진 거라도……?"

"아니. 내 아들을 찾아야 돼."

순간, 장추람과 냉호, 철교신, 북풍사객은 눈만 멀뚱멀뚱하게 뜨고 북궁천을 바라보았다.

아들이라니?

북천궁을 떠난 지 얼마나 되었다고 벌써 아들이 있단 말인가?

그들 중에서 제일 눈치 빠른 냉호가 날카로운 눈빛을 빛내며 물었다.

"혹시…… 주모님을 보내실 때, 일 저지르신 거 아닙니까?"

북궁천이 멋쩍게 씩 웃었다.

"그래, 그때 생겼나 봐."

그 때 공손설이 다가와서 장추람 등을 둘러보며 눈을 반짝였다.

북궁천이 힐끔 그녀를 보고 건성으로 소개했다.

"이 꼬맹이는 공손설이라고, 철군성 성주의 막내딸이야."

공손설이 활짝 웃으며 인사했다.

"공손설이에요. 오빠의 동생이죠."

그녀는 그 짧은 틈에 '오빠의 동생'이라는 위치를 확실하게 각인시켰다.

"쪼끄만 게 보통 여우가 아니야. 자네들도 조심해."

장추람 등은 놀람과 동시에 머릿속이 혼란스러웠다.

북천에 사는 그들도 철군성에 대해선 귀가 따갑게 들어 보았다.

산서제일세. 산서의 제왕!

그런데 그 철군성 성주의 딸과 오빠 동생 하는 사이라니.

더구나 꼬맹이라고 부르는 걸 보면 무척이나 친한 것처럼 느껴지지 않는가 말이다.

'꼬맹이치고는 너무 큰데?'

'혹시 오빠 동생이 아니라……?'

'그럼 주모가 둘인가?'

이러나저러나 나쁘지 않았다.

철군성주의 딸이라면 북천마제의 배필로 모자라지 않았다.

부인이 둘이라면 꼬장꼬장한 사대원로도 대환영일 것이다.

하나보다는 둘이 자식을 많이 볼 수 있을 테니까.

＊　　＊　　＊

면산을 내려온 북궁천 일행은 빠르게 남하했다.

장추람 등도 아기를 데리러 가는 길에 동행하기로 했다.

가마는 북풍사객이 멨는데, 그들은 구름 위를 떠가듯이 달리며 가마의 흔들림을 최대한 줄였다.

그들은 한 시진쯤 달린 후 분하(汾河) 가에서 잠깐 휴식을 취했다.

북궁천이 태극문 제자들과 이조량을 북천궁 사람들에게 소개한 것은 그때였다.

"내 아우들이긴 한데, 너희들과는 관계없는 일이니 부담 가질 것 없다. 아우들도 그 점 잊지 말고."

이정한 등은 당연히 그렇게 생각했다.

흑룡 장추람, 한룡 냉호, 비룡 철교신.

북천궁의 네 기둥이라는 북천사룡 중 세 사람과 한자리에 앉아 있는 것만도 영광이었다.

나이도 그들이 한두 살씩 많았다. 장추람이 스물아홉, 냉
호와 철교신이 스물여덟.

"예, 대형!"

"알겠습니다."

"걱정 마십시오."

반면 장추람 등은 태극문 제자들과 이조량이 궁주를 대형
이라고 부르는 게 탐탁지 않았다.

궁주가 부담 갖지 말라고 했지만 여간 신경 쓰이는 게 아
니었다.

아무리 살펴봐도 대단치 않아 보이는 자들이다. 강호에서
는 고수 소리를 들을지 몰라도 자신들 눈에는 차지 않는 그
저 그런 자들.

북풍사객에 비해서도 모자라 보이고.

그런 자들이 마제의 아우라니!

'심심해서 거두어들인 자들인가?'

'잡일을 시키려고 거둔 사람들인가 보군.'

'그냥 수하로 삼으시면 될걸, 왜 아우로 삼으신 거지?'

처음에는 그렇게 생각했다.

하지만 그들은 그동안의 일을 북궁천에게 들으면서 조금
씩 마음이 변했다.

"저 친구들이 정말 서너 달 전에는 일반 무사 정도밖에 안 되었단 말입니까?"

북궁천의 이야기를 듣던 장추람이 어이가 없다는 표정으로 물었다.

"다섯 달 전에는 평범한 무사였지."

"그런데 그동안 실력이 늘어서 절정고수가 되었다. 그 말입니까?"

"맞아."

"에이, 말이 되는 소리를 하십시오."

북궁천이 쓱 고개를 돌려 장추람을 노려보았다.

"추람, 너 그동안 간이 많이 부었다? 내 말을 믿지 않다니 말이야."

흠칫한 장추람이 급히 변명했다.

"그게 아니고 말입니다. 솔직히 누가 들어도 황당한 이야기가 아닙니까?"

"내가 그렇다고 하면 믿어야 하는 거 아냐?"

철교신이 고개를 힘차게 끄덕였다.

"저는 궁주님의 말씀을 믿습니다."

"봐, 교신은 믿잖아?"

"저도 믿습니다."

"냉호도 믿고. 왜 너만 안 믿는데? 한번 해보자는 거야?"

장추람은 냉호와 철교신을 향해 눈을 부라렸다.

'배신자들!'

하지만 그 정도만으로는 마제의 아우라는 사실을 완전히 수용할 수 없었다.

북궁천이 헌원려려와 떠나올 당시의 일을 이야기하기 전까지는.

"죽을지도 모르는데 나서더군. 솔직히 나도 놀랐어. 걱정도 되고."

장추람의 눈이 커졌다.

"주모를 지키기 위해서 겨우 그 실력으로 중원의 절정고수들과 맞섰단 말입니까?"

"그래, 그 바람에 심하게 부상을 당했지. 그러고도 오히려 나에게 미안하다고 하더군. 자신들이 약해서 려려가 다쳤다고. 그때부터 죽어라고 수련을 하더니 이 정도가 된 거야."

냉호가 슬쩍 이정한 등을 쳐다보았다.

네 사람의 얼굴에 쑥스러워하는 표정이 그대로 드러나 있었다.

'쓸 만한 자들이군.'

철교신도 보일 듯 말듯 고개를 끄덕였다.

'남자들이군. 주군의 마음을 얻을 만해.'

마제의 아우로는 모자랄지 몰라도, 자신들의 친구로 지내기에는 괜찮을 듯했다.

"자, 그만 쉬고 가자. 철군성까지 가려면 아직 멀었으니까."

북궁천은 지리에 관해 통달한 사람처럼 자신 있게 말하며 일어났다.

이정한 등도 기다렸다는 듯 일어섰다.

그들을 바라보는 장추람과 냉호, 철교신, 북풍사객의 눈빛이 전보다 훨씬 부드러워져 있었다.

*　　　*　　　*

북궁천 일행이 운봉사를 떠나자, 방곡추와 육대기도 침매곡으로 돌아갔다.

중간에 약재를 가지러 한 번 가고 꼭 한 달 만에 돌아간 침매곡에는 두 사람이 기거하고 있었다.

한 사람은 삼십 대 중반의 텁석부리였고, 한 사람은 사십 대로 보이는 중년인이었다.

그들은 방곡추와 육대기가 근 한 달 만에 돌아왔는데도 마치 어제 떠났다가 돌아온 사람처럼 대했다.

두 사람이 희귀 약초나 영물을 구하기 위해서 두어 달씩 돌아다닌다는 것을 아는 것이다.

"멀리 다녀오셨나 봅니다, 당 형?"

"운봉사에 있었어."

"예? 운봉사에는 왜? 그곳에 환자가 있었습니까?"

"맞아. 아주 특이한 환자가 있었지."

방곡추의 말에 중년인이 흥미가 인 표정으로 물었다.

"어떤 환자인데 당 형이 특이하다고 하는지 모르겠구려."

"두어 달가량 정신을 잃은 여인이었네. 알고 보니 뇌에서 흐르는 기혈이 막혔더군."

"그래, 고쳤소?"

"다행히 정신을 차렸네. 그래서 돌아온 거지. 문제가 전혀 없는 것은 아니지만 어차피 당장 해결할 수가 없는 것이어서 그냥 왔네."

"허어, 이제 당 형의 의술이 신의 경지에 이르렀군요. 뇌에 이상이 생긴 것을 고치다니."

중년인과 장한은 감탄을 금치 못했다.

그 때 육대기가 말했다.

"솔직히 나도 감탄했소. 중원제일신의인 백미신의도 고치지 못한 것을 당 형이 고쳤지 뭐요?"

"그래요?"

하지만 방곡추는 마음에 들지 않는 표정이었다.

"내가 다 고친 것은 아니네. 정작 가장 중요한 상황에서는 남의 힘이 필요했지."

"에이, 그 정도면 당 형이 다 고친 거나 마찬가지죠, 뭐. 그 괴물 같은 인간이 뇌의 기혈을 뚫은 것이야 당 형이 아닌 누구라도 어쩔 수 없는 일 아닙니까? 세상에 그 인간 말고 누가 뇌의 기혈을 마음대로 휘젓고 다닐 수 있겠습니까?"

장한과 중년인은 그 말의 의미를 깨닫고 눈이 휘둥그레졌다.

"허어! 누가 뇌의 기혈을 강제로 뚫었단 말입니까?"

"그 정도면 절대 경지에 이른 고수여야 하는데?"

"그게 누구냐 하면 말입니다……."

육대기가 천하에서 가장 귀한 비밀을 말해 주겠다는 듯 머리를 내밀고 목소리를 낮추었다.

"나중에 알고 보니…… 북천의 주인이지 뭐요. 환자는 그 인간의 부인이고."

순간, 중년인이 묘한 표정을 지었다.

"북천의 주인과 그 부인?"

장한은 눈이 동그래졌고.

"설마…… 북천마제 북궁천이란 말이오?"

육대기가 얼굴에 힘을 주고, 미소를 지으며 고개를 끄덕였다.

'어때, 놀랐지?' 꼭 그런 표정이었다.

그런데 중년인이 이상하리만치 초조한 표정으로 물었다.

"지금도 운봉사에 있나?"

"아뇨. 아들을 찾는다고 다시 하남으로 갔습니다."

第二章

꼬맹이가 무슨……

　여량산(呂梁山)이 끝나는 최남단에는 담장 높이 이 장, 대지의 넓이 십만 평이 넘는 거성이 자리 잡고 있었다.

　남쪽에 나 있는 정문은 어지간한 도성 성문에 뒤지지 않을 정도로 웅장했고, 그 성문을 통해서 수많은 사람들이 쉴 새 없이 오갔다.

　그곳이 바로 산서제일세 철군성이었다.

　엽청문과 능소소를 앞세우고 공손설과 염구악이 다가가자 정문 위사들이 번개처럼 뛰어나와 시립했다.

　공손설은 고개를 살짝 숙여 답하고 당당한 걸음으로 정문을 통과했다.

북궁천은 헌원려려를 태운 가마와 나란히 걸으며 느긋하게 철군성을 구경했다.

하지만 가마 뒤를 따라가는 장추람 등은 북궁천처럼 웃을 수가 없었다.

중원은 북천궁을 친구로 여기지 않았다.

산서의 철군성은 중원과 더 가까웠다.

적이라 할 순 없지만 그렇다고 해서 친구도 아니었다.

굳이 따지자면 알게 모르게 서로를 견제하는 관계라고나 할까?

그런 철군성에 북천궁의 궁주가 들어간다. 게다가 북천궁의 기둥인 삼대의 대주까지. 아무런 통보도 하지 않고 말이다.

그들의 입장에서는 긴장되지 않을 수 없었다.

하지만 북궁천은 조금도 긴장하지 않았다. 긴장은커녕 두리번거리며 철군성 내부를 구경하기에 바빴다.

정문을 통과하자 마차 네 대가 한꺼번에 지나갈 수 있는 대로가 일자로 쭉 뻗어 있었다.

양옆으로는 이 층으로 된 건물이 줄지어 서 있고, 대로의 끝에는 삼천 평 넓이의 연무장이 넓게 펼쳐져 있었다. 그리고 그 너머에는 거대한 삼 층 전각이 웅장하게 서 있었다.

북궁천은 공손설이 연무장으로 들어가기 직전 미간을 좁히고 입을 열었다.

"꼬맹아. 일 크게 벌이지 말고, 려려 쉴 곳으로 안내해."

"그러잖아도 그럴 생각이에요."

고개를 돌린 공손설이 싱긋 웃으며 걱정 말라는 투로 말했다.

그러고는 방향을 자연스럽게 좌측으로 틀었다.

연무장을 돌아가는 길이 가장자리로 나 있어서 본래부터 그리 생각한 것처럼 느껴졌다.

하지만 그녀의 본래 계획과는 전혀 다른 방향이었다.

'쳇, 아버님께 바로 데려가려고 했는데……'

북궁천은 공손설의 뒤통수를 노려보며 그녀가 지금쯤 입을 삐죽이고 있을지 모른다는 생각을 했다.

'내가 그 정도도 모를 줄 알았냐?'

공손설은 무척이나 아름다운 별원으로 북궁천 일행을 안내했다.

다름 아닌 그녀의 거처. 운화원(雲花園)이었다.

이제 막 봄꽃이 피기 시작한 운화원은 이름 그대로 꽃구름이 뭉게뭉게 피어오르기 직전이었다.

그녀가 북궁천 일행과 우르르 들어가자 안에서 시비들이 뛰어나왔다.

"아가씨!"

"어딜 다녀오셨습니까? 걱정되어서 죽을 뻔했습니다, 아가씨!"

공손설이 그녀들에게 재빨리 지시를 내렸다.

"방정 떨지 말고 빨리 매실(梅室)이나 치워. 귀한 손님이 오셨으니까."

"예에에에에!"

시비들은 다시 부리나케 안으로 뛰어 들어갔다.

북궁천은 북풍사객이 가마를 내려놓자 헌원려려를 안아 들었다.

공손설이 말한 매실은 시비들이 치우지 않아도 깨끗했다.

안으로 들어간 북궁천은 헌원려려를 침상에 조심스레 내려놓고, 침상 끄트머리에 앉아서 먼 길을 가는 남편처럼 나직이 말했다.

"편히 쉬고 있어. 오래 걸리지 않을 거야. 혹시 저 꼬맹이가 서운하게 하면 나중에 말해. 내가 혼내 줄 테니까."

"제 걱정은 말고 조심해서 다녀오세요."

북궁천은 히죽 웃으며 다시 한 번 당부했다.

"약 제때 먹어. 내가 돌아왔을 때는 뛰어다닐 정도가 되어 있어야 한다는 거 잊지 말고."

헌원려려는 미소를 지으며 고개를 끄덕였다.

북궁천은 조금 더 있고 싶었지만, 귀찮은 일이 생길까 봐 아쉬움을 뒤로 하고 일어났다.

시비들이 잽싸게 방을 손보고 밖으로 나간 후였다.

바로 뒤에는 공손설만 서 있었는데, 행여나 수상한 짓을 하는지 감시라도 하는 것처럼 고개를 삐죽 내민 채 쳐다보고 있었다.

　　몸을 돌린 북궁천이 그런 공손설을 향해 눈을 부라렸다.

　　"잘 보고 있어. 더 아프거나 하면 혼날 줄 알아."

　　그러고는 공손설의 대답도 듣지 않고 방을 나섰다. 오래 있으면 떠나기가 더 싫어질 것 같았다.

　　그런데 밖으로 나왔을 때 공손설이 말했다.

　　"저도 함께 갈래요. 이곳은 안전하니까 제가 없어도 되잖아요."

　　당연하게도 북궁천은 그녀의 청을 단칼에 거부했다.

　　"안 돼."

　　"안 데려가면 몰래 따라갈 거예요."

　　"너 정말……."

　　공손설을 향해 눈을 치켜뜬 북궁천은 그녀가 눈 하나 깜짝하지 않자 설득의 방향을 틀었다.

　　"염 노사. 저 애 좀 말려 주십쇼."

　　염구악은 슬며시 고개를 돌려 버렸다.

　　"난 설아를 이길 자신이 없네."

　　염구악마저 그렇게 나오자, 북궁천은 눈에 힘을 주고 공손설을 노려보았다.

　　"네가 뭐라고 해도 이번에는 안 돼. 절대 안 돼!"

"그럼 약속 하나만 해 줘요."

"뭔데?"

"다녀오시면 북천궁 갈 때 저도 데려가서 구경시켜 줘요."

"북천궁 구경? 북천궁이 여기서 얼마나 먼데."

"아무리 멀다 해도 만 리를 넘진 않잖아요? 그리고 어차피 언니는 마차를 타고 가야 되니 저도 함께 타면 되죠, 뭐. 그리고 누가 혼자 간대요? 호위무사를 데려갈 거니까 걱정 말아요."

그 정도라면 크게 문제 되지 않을 것 같다.

"정말 그거면 돼?"

"오빠가 기를 쓰고 안 된다는데 어떻게 해요? 그럼 삼성궁에는 못 따라가는 거죠."

'어? 왜 저렇게 쉽게 굽히지?'

북궁천은 왠지 못 미더웠다. 그래서 확실하게 못을 박았다.

"좋아, 그럼 몰래 따라오는 것도 안 되는 거다? 만약 따라오면 북천궁 구경시켜 준다는 약속도 없는 일이 되는 거다? 신의를 어기는 사람은 내가 어떻게 생각한다는 거 알지?"

"알았어요."

그제야 안심한 북궁천은 몸을 돌렸다.

그런데 이상했다. 사람들이 자신을 한심하다는 표정으로 보고 있는 것이 아닌가?

"왜들 그런 눈으로 봐? 내가 애하고 싸우니까 이상해? 자네들이 몰라서 그렇지, 저 꼬맹이가 얼마나 끈질긴 줄 알아? 아마 내가 다그치지 않았으면 끝까지 따라왔을걸?"

"누가 뭐라고 했습니까?"

장추람이 한숨을 쉴 것 같은 표정으로 말하며 고개를 돌렸다.

'으이그, 자기가 넘어간 줄도 모르고……'

남자가 여자를 자신의 집에 데려가는 게 무슨 의미인 줄 알기나 하나?

여자가 남자의 집까지 따라가겠다는 게 무슨 뜻이겠는가?

그것도 수천 리나 떨어진 곳에 말이다.

자신이 코 꿰인 줄도 모르고……

물론 북궁천은 그때까지도 몰랐다.

"말썽꾸러기를 떼어 냈으니 그만 출발하세. 그런데 정한이는 어디 갔지?"

동호량이 전각 뒤쪽을 향해 소리쳤다.

"사형! 대형께서 출발하신답니다!"

곧 무척이나 아쉬운 표정으로 이정한과 능소소가 건물 뒤에서 나왔다.

북궁천이 그걸 보고 중얼거렸다.

"여기서 이야기하면 누가 뭐라고 하나? 왜 거기까지 가서 이야기를 나눠?"

동호량과 초강이 그런 북궁천을 힐끔거렸다.

'정말 몰라서 묻는 걸까?'

'이제 좀 나아졌나 했더니……'

남녀가 구석진 곳을 찾아들 이유는 하나밖에 없다.

천하의 거의 모든 남녀들이 아는 그 이유를 대형만 모르는 듯했다.

여전히 남녀에 대해서 초보인 북궁천은 보다 편한 마음으로 출발을 알렸다.

"이제 가자고."

그 때였다.

몇 사람이 빠른 걸음으로 운화원에 들어섰다.

그중 마흔 전후로 보이는 중년인이 반가움과 안도의 표정으로 공손설을 불렀다.

"설아야!"

"오빠!"

선이 굵은 얼굴에 떡 벌어진 어깨. 위맹한 겉모습을 지닌 중년인은 공손설의 큰오빠인 공손후였다.

강호에서는 그를 사자신검(獅子神劍)이라 불렀는데, 실력이 철혈검군 공손무극의 젊을 때에 비해서 조금도 뒤떨어지지 않는다는 절대고수였다.

"어떻게 된 거냐? 아버님과 어머님께서 너 때문에 얼마나 걱정했는지 아느냐?"

"너무 걱정 마세요. 이렇게 무사히 돌아왔잖아요."

"너 때문에 간이 조마조마해서 안 되겠다. 정말 시집이라도 보내든가 해야지 원."

어정쩡한 상태로 서 있던 북궁천이 그 말을 듣고 피식 웃었다.

"꼬맹이가 무슨 시집을 가?"

작게 중얼거린 소리였다.

그러나 운화원 안에 있는 사람 중 그 말을 듣지 못한 사람은 거의 없었다.

몇 사람은 어깨를 늘어뜨리고, 몇 사람은 힐끔거리며 쳐다보고, 몇 사람은 고개를 설레설레 젓고…….

공손후는 고개를 돌려서 북궁천을 뚫어지게 쳐다보았다.

그러다 북궁천 일행이 범상치 않다는 것을 뒤늦게 느끼고 의아한 표정을 지었다.

"설아야, 저 사람들은 누구냐?"

공손설이 눈빛을 반짝이며 말했다.

"오빠, 인사하세요. 이쪽은 제 큰오빠예요."

그 말에 공손후가 먼저 반응을 보였다.

"오빠라고?"

"예, 큰오빠."

"그럼 혹시 저번에 너를 구해 줬다던 그 사람? 하남을 발칵 뒤집어 놓았다는 그 신비공자 단화린?"

"맞아요. 바로 그분이에요."

공손후는 그제야 밝은 웃음을 지으며 북궁천을 향해 두 손을 맞잡았다.

"하하하하, 설아의 큰오빠 되는 공손후라 하오. 면산의 일에 대해서는 귀가 따갑도록 들었소. 설아를 구해 주어서 정말 고맙소."

"협의를 아는 사람이라면 당연히 했어야 할 일을 했을 뿐이니 고마워하지 않으셔도 됩니다. 하, 하, 하."

북궁천은 자연스럽게 겸손을 떨며 마주 인사했다.

'협의'라는 말을 할 때는 입안이 좀 간지러웠지만 그래도 기분은 좋았다.

자신의 정체를 밝히진 않았는데, 밝혀 봐야 좋을 것 없을 듯해서 보류했다.

"무슨 말씀을? 설아가 다쳤다면 아버님과 어머님께서 크게 상심하셨을 거요. 우리에게는 은혜를 베푼 셈이오."

"이번에는 제가 신세를 지게 되었으니 저로선 그것으로 족합니다."

"신세는 무슨? 원하는 게 있으면 뭐든 말씀하시구려."

"아닙니다. 이 정도면 됐습니다. 그럼……."

북궁천이 말을 맺기 직전, 공손설이 재빨리 끼어들었다.

"큰오빠, 아버지는 철웅전(鐵雄殿)에 계세요?"

"계신다. 그러잖아도 네가 왔다는 말씀을 들으시고는 함

께 오시겠다고 하셔서 내가 데려갈 테니 조금만 기다리시라고
했다. 아! 여기서 이럴 게 아니라 단 공자와 함께 아버님께 가
자."

"제가 좀 바빠서……."

흠칫한 북궁천이 그의 청을 거부하려 했다. 그런데 이번에
도 공손설이 말을 끊었다.

"그래요, 큰오빠. 오빠, 가요."

"난 갈 길이 바쁜데……."

"잠깐이면 되는데요, 뭐. 얼굴만 뵙고 가시면 되잖아요?"

공손설이 조금 전 아버지 운운한 것에는 나름의 이유가 있
었다.

아니나 다를까 공손후가 그녀가 바라는 바대로 말했다.

"그렇게 하시오. 그냥 가면 아버님께서 많이 서운해하실 거
요. 이봐, 조강. 가서 아버님께 설아의 은인이 오셨다고 전하
게나."

북궁천은 공손후가 수하를 보내는 사이, 고개를 돌려서
싱글 생글 웃고 있는 공손설을 가만히 쳐다보았다.

강한 압박감이 느껴지는 눈빛을 대하고도 공손설은 웃음
을 지우지 않았다.

'이 여시 같은 꼬맹이가!'

"가요, 오빠."

공손설은 북궁천이 야단치기 전에 후다닥 북궁천의 팔을

잡아끌었다.

북궁천은 자신의 두툼한 팔에 찰싹 달라붙은 공손설을 매몰차게 떼어 놓지도 못했다.

오히려 팔을 통해 느껴지는 뭉클한 감촉에 당황해서 말을 더듬었다.

"어어, 이, 이거 놓고 가, 꼬맹아."

"그럼 가는 거죠? 한번 말한 것을 뒤집으면 대협이 아니라는 거……."

"알았다니까!"

빽, 소리를 내지른 북궁천은 고개를 갸웃거렸다.

'꼬맹이 가슴이 언제 저렇게 커졌지? 밥 먹고 가슴만 키웠나?'

*　　　*　　　*

북궁천은 일행을 밖에 놔둔 채 혼자서 공손후 등을 따라 철옹전 안으로 들어갔다.

전각 안에는 공손무극 외에도 네 사람이 더 있었다.

공손무극의 그림자인 철군쌍영이 그의 뒤에 묵묵히 서 있었고, 오십 대 중반의 중노인과 이십 대로 보이는 건장한 청년이 그와 대화를 나누는 중이었다.

공손무극은 공손후, 공손설, 염구악이 키가 큰 청년과 함

께 철웅전으로 들어오는 걸 보고는 대화를 멈춘 후 일어나서
반겼다.

그는 나이 육십이 넘었는데도 여전히 위맹함이 느껴지는 모
습이었다.

생김새는 공손후와 판박이라 할 정도로 닮았는데, 단지
주름이 많고 머리카락이 반백이란 게 달랐다.

공손후가 먼저 보낸 수하로부터 보고를 받은 그는 인자
한 옆집 할아버지 같은 인상으로 웃으며 말했다.

"허허허허, 우리 설아가 침이 마르게 칭찬해서 어떤 젊은이
인지 보고 싶었는데, 오늘 원을 이루었구면."

북궁천은 공손무극이 조부와 많이 닮았다는 생각이 들었
다. 성격은 많이 다른 것 같지만.

처음에는 공손설을 구해 줘서 고맙다는 말과 겸손해하는
상투적인 인사가 오갔다.

공손무극은 북궁천이 북천궁 사람이라는 소문을 들었을
텐데도 그다지 거부감이 없는 표정이었다.

북궁천은 일단 단화린으로서 대답했다.

공손설과 염구악 등이 그의 정체를 알고 있으니 속이는 것
처럼 보일지 모르지만 개의치 않았다.

그는 북궁천임과 동시에 단화린이기도 했으니까.

오히려 그는 그 일보다 아까운 시간이 흐르고 있다는 것에
더 신경이 쓰였다.

그런데 천사교의 이야기가 나오면서 공손무극의 표정이 차가워졌다.

공손설을 암습했던 그들에 대한 분노가 그대로 느껴졌다.

"감히 설아를 납치하려고 하다니. 내 그놈들을 절대로 용서치 않을 것이네."

헌원려려의 납치를 겪어 본 북궁천이다. 그는 공손무극의 분노를 충분히 이해하고도 남았다.

그런데 공손무극의 말을 듣다 보니 갑자기 헌원려려의 납치와 공손설의 납치에 연관성이 있지 않을까 하는 생각이 들었다.

'그래, 명화회! 회라는 명칭을 쓸 정도면 셋이 전부는 아니겠지. 호씨 성을 쓴다는 놈도 아직 남았고. 천사교의 주요 인물이 명화회 회원이라면…… 가만, 혹시……?'

그 때 꿰다 놓은 보릿자루처럼 묵묵히 서 있던 청년이 입을 열었다.

"성주님, 누구신지 궁금하군요. 소생에게도 소개시켜 주시면 안 되겠습니까?"

"어이쿠, 내가 깜박했군. 젊은 사람들이니 통하는 면이 있을 텐데 말이야. 인사하게나. 아마 누군지 알면 자네도 놀랄거네. 허허허허."

청년이 먼저 포권을 취하며 자신만만한 표정으로 이름을 밝혔다.

"화천장(華天莊)의 화운결이라 하오."

화천장이라면 산서오호의 하나, 태행산 서쪽 양천에 자리 잡고 있는 세력이다. 최근 들어서는 산서오호 중 첫째로 꼽힐 만큼 세력이 커진 곳.

특히 화천장주 화태선의 아들인 화천공자 화운결은 산서의 청년 고수들 중 가장 강하다고 알려진 세 사람 중 하나다.

자신만만한 태도를 보이는 것도 당연했다.

북궁천이야 신경 쓰지 않았지만.

"단화린이오."

북궁천이 자신을 단화린으로 소개하자, 화운결의 표정이 급변했다.

"아! 하남에서 돌풍을 일으켰다는 단 형이었구려. 말씀은 많이 들었소. 이곳에서 만날 줄은 미처 몰랐소이다."

그는 경악과 호승심이 뒤섞인 눈빛으로 북궁천을 바라보았다.

썩 좋은 표정은 아니었다. 단화린이 북천궁의 사람임을 알기 때문이었다.

화천장은 산서 정파의 중심 세력 중 하나. 반면 북천궁은 마궁으로 불리는 곳이 아닌가 말이다.

그런데 청년과 나란히 서 있던 중노인이 눈을 가늘게 좁히고 물었다.

"소문으로는 북천궁 사람이라던데, 사실인가?"

북궁천은 순순히 인정했다.

"그렇습니다."

"하남에 간 목적이 검원장의 헌원려려는 여아를 데려오기 위해서라고 하더군. 천사교와 싸운 것도 협의지심 때문이 아니라 결국은 그 이유 때문이었겠지?"

"무슨 말씀을 하고 싶으신 겁니까?"

"나는 북천궁을 좋아하지 않네. 그런데 북천궁 사람이 마치 의협지사인 것처럼 소문나는 것 같아서 마음에 들지 않을 뿐이야."

"좋을 대로 생각하십시오. 억지로 좋게 생각하라고는 안 하니까."

듣는 사람에 따라 까칠하게 느껴질 수 있는 말투.

중노인의 이마에 잡힌 주름이 꿈틀거렸다.

"꽤 건방진 친구군. 이름 좀 얻고 나니 이 목여진은 눈에 들어오지도 않나 보지?"

경천도(驚天刀) 목여진.

말하기 좋아하는 사람이 꼽은 산서십대고수 중 하나.

산서제일도를 가리기 위해 세 사람을 먼저 꼽는다면 당연하게 들어가는 이름이다. 또한 화천장의 장로이기도 했다.

공손무극도 그를 존중해 주었기에 가만 놔두었다. 한편으로는 단화린이 어떻게 대응하는가 보고 싶기도 했고.

그런데 분위기만 가라앉자 눈살을 찌푸리며 나섰다.

"어허, 목 장로. 단 소협은 설아를 구해 준 은인이네. 자네가 그러면 내 체면이 뭐가 되는가?"

목여진이 아무리 이름 날린 고수라 해도 감히 공손무극의 말을 무시할 수는 없었다.

"죄송합니다, 성주. 제가 북천궁과 조금 좋지 않은 과거가 있다 보니 감정이 격해졌습니다."

공손무극이 이번에는 북궁천을 바라보았다.

"자네가 이해하도록 하게. 이십여 년 전의 일을 아직 잊지 못한 모양이네."

북궁천은 더 짜증나는 일이 벌어지기 전에 작별을 고했다.

"성주, 제가 바쁜 일이 있어서 그만 가 봐야 할 것 같습니다."

"그래? 허어, 이거 아쉽구먼."

"오래지 않아 다시 찾아와야 하니 그때 뵙지요."

"바쁘다면 어쩔 수 없지. 그럼 그때는 며칠 머물다 가게나."

"알겠습니다. 그럼 이만."

북궁천은 일단 그렇게 대답하고 예를 취했다.

그러고는 공손설을 돌아보고 눈을 부라렸다.

'너 때문에 시간만 보내고 이게 뭐냐?'

그래도 공손설은 배시시 웃어서 북궁천을 맥 빠지게 했다.

"나가요, 오빠. 아버지, 오빠 배웅해 드리고 올게요."

공손무극은 몇 달 만에 돌아온 딸이 얼굴 잠깐 보고 북궁천을 따라 나가자 어이없다는 듯 너털웃음을 터트렸다.

"허, 허어. 저 녀석. 그렇게 좋은가? 저러다 저 친구에게 시집가겠다고 하겠군."

막 전각을 나서던 북궁천이 그 말을 듣고 벼락이라도 맞은 것처럼 움찔했다.

'저 양반이 벌써 노망들었나?'

공손후는 전각문이 완전히 닫힌 후에야 공손무극에게 물었다.

"어떻게 보셨습니까, 아버님?"

"뭔가 묘한 느낌이 드는 젊은이야."

"단화린의 일행들 역시 모두 젊은데 범상치 않은 자들입니다."

"흠, 그래?"

공손무극은 아들을 안다. 아들은 말을 허투루 하지 않는 성격이다.

아들 입에서 범상치 않은 자들이라는 말이 나올 정도면 단순한 절정고수의 단계를 넘어섰다는 뜻.

'그런 자들을 수하로 거느릴 정도라면…… 설마?'

그의 눈빛이 빛나자 염구악이 전음으로 말했다.

─형님, 저 목가와 화가 애송이가 간 다음에 그에 대해서
말씀드리겠습니다.

　공손무극의 눈빛이 순간적으로 가라앉았다.

　그 때 목여진과 화운결이 그를 향해 예를 취했다.

　"저희도 가 봐야 할 것 같습니다. 성주님의 말씀, 장주께
그대로 전하도록 하겠습니다."

　"그렇게 해 주게. 불손한 자들이 산서를 어지럽히는 꼴은
힘을 합쳐서 막아야 하지 않겠나?"

　"옳으신 말씀입니다. 그리고 장주님께서 제안하신 것도 숙
고해 주시길 부탁드리겠습니다."

　공손무극의 노안이 미미하게 흔들렸다. 그러나 워낙 짧은
순간이어서 눈치챈 자는 아무도 없었다.

　"그렇게 하지."

　한편, 밖으로 나와서 일행들과 합류한 북궁천은 공손설을
다그쳤다.

　"인마, 내가 왜 그딴 자에게 그런 소리를 들어야 하냐?"

　"목 대협이 있는 줄 누가 알았어요?"

　"좌우간 허튼짓 말고 려려나 잘 돌보고 있어."

　"알았어요, 오빠아아아."

　공손설이 아양 부리듯 말하며 웃자, 북궁천은 고개를 설레
설레 흔들었다.

"어휴, 내가 너 때문에 정말 미치지 미쳐. 그런데 이런 꼬맹이에게 시집 운운하는 사람들은 도대체 무슨 생각을 가지고 있는 거야?"

주위에 서 있던 사람들은 속으로 고개를 저었다.

'이상하게 생각하는 사람은 당신뿐이야!'

그런 표정을 지은 채.

*　　*　　*

철군성을 나선 북궁천 일행은 남쪽으로 길을 잡았다.

그런데 십 리쯤 지나 야산을 하나 넘었을 때 뒤에서 부르는 소리가 들렸다.

"단 형! 잠깐만 멈춰 보시오!"

화운결의 목소리였다.

북궁천은 걸음을 멈추고 뒤를 돌아다보았다.

자신들이 지나온 야산을 화운결이 일행과 함께 넘어오고 있었다.

모두 이십여 명. 그들은 빠르게 달려서 북궁천 일행과 가까워졌다.

북궁천은 그들이 삼 장 거리를 두고 멈춰 선 후에야 미간을 좁힌 채 물었다.

"무슨 일이오?"

목여진이 북궁천 일행을 둘러보더니 차갑게 말했다.

"공손 성주는 딸을 생각해서 너를 그냥 보내 줬을지 몰라도 나는 그럴 마음이 없다."

북궁천은 은근히 짜증이 났지만 공연한 소란을 피하기 위해서 꾹 참고 말했다.

"싸우기라도 하겠다는 거요?"

"네가 정말 소문대로 강한지 한번 봐야겠다."

그 말에 화운결이 나섰다.

"목 숙부, 제가 대적해 보겠습니다."

목여진은 화운결의 실력을 잘 알고 있었다.

화운결은 젊은 나이지만 결코 자신에게 뒤지는 실력이 아니었다.

'갑자기 유명해진 북천궁의 애송이 정도는 이길 수 있겠지.'

그런 마음으로 목여진이 고개를 끄덕이자, 화운결이 북궁천을 향해 두 걸음 앞으로 나아갔다.

동조립과 구양환, 선우명이 합공하고도 단화린을 이기지 못했다는 말은 멀리까지 퍼지지 않았다.

그곳에 있던 사람들 대부분이 세 사람의 체면을 생각해서 말하지 않은 점도 있었지만, 일부 몇 사람이 퍼뜨린 말도 백 리를 벗어나기도 전에 허풍으로 치부되고 말았다.

하긴 그 말을 누가 믿을 것인가?

두 사람 역시 그러한 사실은 허풍으로조차도 듣지 못한 터였다.

"비무라 생각해도 좋소. 한번 겨뤄 봅시다."

"무엇을 위해서 싸우자는 거요?"

"솔직히 나는 단 형이 정말 소문만큼 강한지 알아보고 싶소."

말은 그렇게 하지만 강한 승부욕 뒤에는 질시가 그대로 드러나 있었다.

그 때 뒤쪽에 서 있던 장추람이 입을 열었다.

"제가 상대하죠."

북궁천은 손을 들어서 저었다.

"내가 한다."

짜증 난 기분도 풀 겸.

북궁천은 앞으로 걸어가며 주먹을 우두둑 말아 쥐었다.

"일단 검을 뽑을 만한 상대가 되나 봐야겠군."

화운결의 눈에서 분노의 눈빛이 흘러나왔다.

"보기보다 더 오만하군."

"먼저 싸움을 건 것은 그대가 아닌가?"

"좋아, 그렇다면 나도 솔직히 말하지. 나는 네가 천사교와의 싸움에서 공을 세워 유명해졌든, 아니면 음마를 잡아서 유명해졌든, 그건 상관하지 않는다. 다만 북천마궁의 마인이 협사인 것처럼 행세하는 게 마음에 안 들 뿐이야."

"솔직해서 좋군. 진작 그랬으면 말하기가 더 편했을 텐데 말이야."

"지금이라도 검을 뽑아라. 내 도는 무척 사나우니까."

"걱정 말고 도를 뽑아. 내 주먹은 검 못지않으니까."

"후회할 텐데?"

"나도 솔직히 말하지."

담담하게 말하던 북궁천의 표정이 무심하게 가라앉았다.

"화운결, 그대는 아직 나에게 그런 말 할 자격이 없다."

화운결의 눈썹이 송충이처럼 꿈틀거렸다.

"정말 건방지구나, 단화린!"

그는 노성을 내지르며 도를 뽑았다.

촤아앙!

"이제는 후회해도 늦었다!"

냉랭히 소리친 그는 땅을 박차고 몸을 날리며 도를 내리그었다.

시퍼런 도기가 벼락처럼 하늘에서 떨어졌다.

북궁천은 눈 하나 깜짝하지 않고 도세 안으로 발을 디디며 북두패왕권을 펼쳤다.

면산에서 지내는 동안 그도 얻은 게 많았다.

천조혈심기를 익히며 공력이 더욱 정화되었고, 흡수되지 않았던 화혈조 알의 기운을 마저 자신의 것으로 만든 그였다.

같은 공력을 써도 북두패왕권의 위력이 전과 판이하게 달랐다.

자신조차 놀랄 정도로!

우우웅!

허공이 터져 나갈 것 같은 진공음과 함께 막강한 권세가 화운결의 도세를 정면으로 두들겼다.

콰광!

꽝음과 함께 화운결의 몸이 뒤로 날아갔다.

이 장을 날아가 겨우 중심을 잡고 내려선 그의 얼굴이 경악으로 물결쳤다.

하지만 북궁천은 서서 기다리지 않았다.

스윽, 단숨에 공간을 좁힌 그는 화운결을 향해 주먹을 뻗었다.

머리통보다 훨씬 큰 권영이 눈을 가득 메우며 날아들자, 화운결은 눈을 부릅뜨고 도를 휘둘렀다.

"타아앗!"

떠더더덩!

찰나간에 칠도를 휘둘러서여 권영을 막아 낸 그는 훌쩍 삼장을 물러났다.

하지만 충격이 적지 않은지 안색이 창백해졌다.

"정말 엄청난 위력의 권법이구나. 하지만 아직 이겼다고 생각하지 마라!"

이를 악문 그는 도를 어깨 높이로 들어 올리고 전 공력을 끌어 올렸다.

일반적인 도법으로는 상대가 되지 않았다.

가문의 비전도법인 천화도(天華刀)만이 상대의 패도적인 권을 막을 수 있을 듯했다.

대결을 시작하자마자 천화도를 펼쳐야 한다는 게 어이없었지만, 다른 방법이 없었다.

화르르르!

그의 도에서 푸른빛을 발하는 도기가 피어올랐다. 그리고 곧 밝은 광채를 발하는 도강이 도첨에서 쭉 뻗어 나갔다.

도강을 일으킨 그는 땅을 박차고 북궁천을 향해 날아가며 도를 휘둘렀다.

광풍폭우와 같은 도세가 북궁천을 뒤덮었다.

허공이 얼음 갈라지듯 쩍쩍 갈라졌다.

하지만 북궁천의 표정은 처음과 조금도 달라지지 않았다.

"조금 낫군."

그것이 화운결의 천화도에 대한 그의 평가 전부였다.

그는 좌수로 북두패왕권을, 우수로 앙천회류장을 펼쳐서 화운결의 도세를 차단했다.

떠더더덩!

금방이라도 북궁천을 양단할 것 같던 도세가 철벽에 막힌 것처럼 튕겨 나갔다.

동시에 반탄력의 충격을 이기지 못한 화운결의 얼굴이 와락 일그러지고, 그 역시 뒤로 날아갔다.

그 때 철주처럼 우뚝 서 있던 북궁천이 그를 그림자처럼 따라갔다.

"조심해라!"

목여진이 눈을 치켜뜨고 소리쳤다.

순간, 북궁천의 두 손에서 십여 개의 권영이 피어나며 화운결을 뒤덮었다.

화운결은 땅에 내려서자마자 뒤로 대여섯 걸음 물러나면서 도를 휘둘러 방어했다.

푸른빛을 발하는 도막이 그를 에워싸며 날아드는 권영을 차단했다.

하지만 그의 도세로 막기에는 북두패왕권의 위력이 너무 강력했다.

쩌저정!

도막이 산산이 부서지며 도강의 파편이 폭발하듯 허공으로 튀었다.

악착같이 버티던 화운결은 바닥에 기다란 고랑을 파며 열다섯 자나 밀려났다.

"크으윽!"

화운결의 입에서 억눌린 신음이 흘러나옴과 동시에 핏물이 비쳤다.

그 때 목여진이 참지 못하고 신형을 날렸다.

기다렸다는 듯 장추람이 몸을 날리며 등 뒤의 커다란 검을 뽑았다.

"당신은 내가 상대해 주지!"

북궁천은 고개만 돌려서 무심한 눈으로 그들을 바라보고는 다시 화운결에게 시선을 줬다.

그사이 화천장 무사들이 무기를 빼 들고 재빨리 화운결의 앞을 막아섰다.

화운결은 후들거리는 두 다리에 힘을 주고 겨우 버텼다.

가슴이 먹먹해서 숨 쉬는 것조차 힘들었다.

"후욱, 후욱. 정말, 정말 강하구나, 단화린."

북궁천이 무심한 어조로 그 말에 답했다.

"가끔 사람들은 착각을 하지. 이길 수 있다는 믿음이 있으면 어떤 상황도 극복할 수 있다고 말이야. 하지만 현실은 그렇지 않아. 생각보다 냉혹하고 비정하지. 들뜬 희망은 단지 꿈일 뿐. 그대는 세상을 좀 더 냉정하게 바라볼 필요가 있어."

화운결의 눈꺼풀이 잠자리 날개처럼 파르르 떨렸다.

"내가 자만했다는 건가?"

"자만? 그럴지도 모르겠군. 나름대로 자신이 있었을 테니까. 하지만 내 눈에 그대는…… 아직 자만할 자격도 갖추지 못했다."

화운결은 벼락이라도 맞은 듯 온몸을 사시나무처럼 떨었

다.

항상 칭찬만 받던 그였다.

모두가 그를 차대 산서강호를 책임질 기재로 꼽는 걸 주저하지 않았다.

자신 역시 그렇게 생각했다.

그런데 자만할 자격도 갖추지 못했다니!

그 말은 지금껏 들었던 그 어떤 말보다 충격이었다.

혀를 깨물어서 죽고 싶을 정도로!

묘한 것은 분노가 일기보다 창피함이 앞선다는 것이다.

정중지와(井中之蛙).

자신은 우물 속에서 놀며 세상이 좁다며 조소하던 개구리에 불과했던 것일까?

북궁천은 이를 악문 화운결의 얼굴이 상기되자, 고개를 돌려 장추람과 목여진의 대결을 바라보았다.

그 순간, 쉬지 않고 삼초 공방을 주고받던 두 사람이 정면으로 격돌했다.

쾅!

두 사람의 기운이 부딪치며 굉음을 토해 냈다.

직후, 뒤로 주르륵 물러선 목여진은 머리카락을 산발한 채 눈을 부릅떴다.

장추람도 성큼성큼 세 걸음을 물러선 뒤 냉정하게 가라앉은 눈빛으로 검을 들었다.

"굉장하군. 과연 경천도야! 하지만 그 정도로는 내 검을 이길 수 없다."

목여진은 어이가 없었다.

단화린을 무릎 꿇리려 했거늘, 그의 수하조차 이기지 못했다.

이기기는커녕 자신이 밀린 상황.

믿기지 않는 상황에 그는 치켜뜬 눈으로 장추람을 직시하며 잇새로 으르렁거리듯 물었다.

"네놈은 누구냐?"

"장씨."

성만 불쑥 말하는 장추람의 대답에 치켜뜬 목여진의 눈빛에 분노가 서렸다.

하지만 그는 노회한 자답게 북천궁의 청년 중 장씨 성을 쓰며, 덩치가 크고, 자신보다 강하거나 비슷한 자를 기억 속에서 추려 냈다.

"설마…… 흑룡대주?"

"제법 아는 게 많군."

"네가 왜 이곳에……?"

그 때 북궁천이 말했다.

"추람, 갈 길이 바쁘다. 끝장을 내려면 빨리 끝내든가, 아니면 그만 가자."

장추람은 커다란 검을 앞으로 뻗었다.

"끝장을 볼 거면 덤벼 보시지."

목여진의 눈빛이 거세게 흔들렸다.

화운결은 이미 패배한 상태.

자신 역시 상대가 흑룡대주 장추람이라면 승산이 없다.

더구나 아직 나서지 않은 자들도 모두 고수들이다. 화천장 무사들만으로는 버거운 상대들.

재빨리 계산을 마친 그는 도를 내리고 뒤로 두어 걸음 물러섰다.

"오늘은 이쯤에서 물러가지. 하지만 다음에는 쉽지 않을 거다."

장추람은 피식 웃으며 도를 거두었다.

"나는 싸움을 마다하지 않는 사람이야. 언제든 자신 있으면 덤벼."

북궁천은 더 볼 일 없다는 듯 몸을 돌리고는 주저 없이 걸음을 옮겼다.

화운결은 멀어지는 북궁천을 보며 부서지도록 이를 악물었다.

그러고는 곧 악을 쓰듯이 소리쳤다.

"다음에 다시 대결을 신청하겠다! 그때는 오늘과 다를 것이다, 단화린!"

북궁천은 듣지 못한 사람처럼 빠르게 멀어져 갔다.

第三章

유원당·총군사(總軍師)가 되다

　북궁천 일행이 황하에 도착한 것은 면산을 떠난 지 사흘
만이었다.
　배에서 황하를 바라보는 북궁천은 감회가 새로웠다.
　세 번째 황하를 건넌다.
　한 번은 그리운 마음으로 려려를 찾아서, 또 한 번은 혼절
한 려려를 안고 안타까운 마음으로. 그리고 이번에는 상상치
도 못했던 아들을 찾기 위해 건너간다.
　처음에 건널 때는 가을이 깊어 갈 때였고, 지금은 봄꽃이
만개하는 시기다.
　온갖 감정이 버무려져서 뭐라 형용할 수 없는 기분이었다.

'진아가 엄마를 닮았다면 정말 귀여울 거야.'

북궁천은 봄 햇살이 쏟아지는 하늘을 보며 빙그레 웃었다.

솔직히 그는 아이들을 좋아하지 않았다.

좀 더 정확히는, 부모에게 어리광 부리는 아이들의 모습을 보는 것이 싫었다.

어쩌면 부러움 때문일지 몰랐다.

자신은 한 번도 그래 보지를 못했으니까.

그런데 지금은 세상의 온갖 아기가 진아라는 자신의 아들과 비교되었다.

빨리 보고 싶어서 미칠 것 같았다.

"대형, 도착했습니다. 내리시죠."

멍하니 하늘만 바라보다가 이정한이 부른 다음에야 배가 송하진에 도착한 것을 알게 된 것도 다 그런 마음 때문이었다.

"정한, 아기가 말을 할 수 있을까?"

뜬금없이 그런 질문을 던진 것 역시.

"저도 잘……."

이정한은 머리를 긁적이며 머쓱한 표정으로 대답했다.

"말을 할 수 있으면 좋은데 말이야. 누구 아는 사람 없어?"

북풍사객 중 첫째, 임표가 무뚝뚝한 표정으로 넌지시 말했다.

"말이 빠른 아이는 돌이 되기 전부터 웅얼거리며 엄마, 아빠 같은 말 몇 마디 정도는 합니다, 궁주."

"그래? 그럼 지금은 말을 제법 하겠군."

북궁천은 잔뜩 기대하는 표정으로 일행과 함께 배를 내렸다.

북궁천 일행이 송하진으로 들어가자 사람들의 시선이 집중되었다.

하남과 섬서의 경계 인근에서 강호인들이 전쟁이나 다름없는 싸움을 벌여 시끄러운 상황이었다.

무기를 찬 무사들이 지나가니 신경이 쓰인 듯했다.

더구나 키가 큰 북궁천과 장추람, 표정이 싸늘한 냉호, 바위처럼 묵직하게 느껴지는 철교신, 차가운 눈빛으로 사위를 둘러보는 북풍사객은 관심을 끌기에 충분했다.

그들이 객잔으로 들어갔을 때는 떠들어 대던 사람들이 일시적으로 입을 다물 정도였다.

창가에 자리 잡은 그들은 요리를 주문하고 귀를 기울였다.

내려오면서 연합 세력과 천사교와의 전쟁이 격화되고 있다는 말을 듣긴 했으나, 진아에게 정신이 팔린 북궁천은 아무런 감흥이 없었다.

하지만 황하를 건넌 지금은 상황이 달랐다. 뭐든 알아 놓아야 했다.

그런데 객잔에서 식사를 하던 중 자신이 원하던 이야기가 옆에서 들려왔다.

북궁천은 귀를 쫑긋 세우고 이야기에 귀를 기울였다.

"영진에서 패한 이후 천사교에 계속 밀리더니 서평까지 빼앗겼다는군. 이러다 삼성궁까지 밀리는 것 아닌지 모르겠어."

"에이, 설마?"

"설마가 사람 잡는다는 말 모르는가? 화산과 종남이 본산에서 꼼짝 못 하는 것에는 그만한 이유가 있는 법이네."

"아무리 그래도 삼성궁까지 밀리려고? 천무회와 무림맹, 백검맹이 연합해서 상대하고 있는데 천사교가 버틸 수 있겠는가?"

"어허, 이 사람. 사천의 혈문(血門)과 섬서 서쪽의 마종보(魔宗堡)가 천사교와 손잡았다는 말을 듣지 못했나 보군."

"그게 정말인가?"

"물론이지. 더구나 상주로 마도의 고수들이 몰려들고 있다는군. 그래서 천사교가 더 기세등등한 거네."

북궁천은 젓가락을 내려놓고 눈살을 찌푸렸다.

혈문은 사천에 있다는 마도문파로 오대마세(五大魔勢) 중 하나다. 태백산과 감숙의 경계에 위치해 있는 마종보 역시 오대마세 중 하나고.

천사교가 그들을 끌어들였다면 연합 세력의 현재 전력만으로는 상대하기가 쉽지 않을 것이다.

문제는 그들의 승패가 아니다.

'서둘러야겠군.'

정말 삼성궁이 당하기라도 하면 진아가 위험해질 터. 입안에 들어간 음식이 거친 모래처럼 느껴졌다.

그의 기분이 전염되었는지 이정한 등도 젓가락을 내려놓았다.

*　　　　*　　　　*

천사교의 공격이 시작된 것은 북궁천이 헌원려려를 데리고 황하를 건너갈 때였다.

협공에 당한 연합 세력은 막대한 피해를 입고 상남에서 빠져나와야 했다.

그들은 서평에서 전열을 정비하고 천사교에 맞섰다.

다행히 천사교는 더 이상 강력하게 공격하지 않고 겨울이 다 갈 때까지 기다렸다.

그렇게 팽팽하게 대치한 지 한 달이 지났을 무렵, 천사교에 마종보가 가세했다.

마종보 칠백 무사가 합류하자 천사교는 마침내 대치를 깨고 공세에 나섰다.

정파 연합 세력도 화산과 종남이 본격적으로 움직이면서 힘을 보태 주었지만, 그 정도만으로는 천사교를 막아 내기에 역부족이었다.

결국 보름 만에 서평을 포기한 연합 세력은 서협 진원보에 힘을 집결시키고 적과 맞섰다.

하지만 사기가 충천한 천사교 무리는 시도 때도 없이 공격했다.

더구나 혈문마저 합류하자, 연합 세력은 서협조차도 내주고 후퇴해야만 했다.

백 리가량 후퇴한 그들은 삼성궁의 코앞인 내향(內鄕)에 배수진을 치고 전열을 가다듬었다.

이제 그 두 곳마저 빼앗기면 남양까지 무인지경이다. 하남의 그 어떤 문파도 안심할 수 없는 것이다.

삼성궁이야 말할 것도 없고.

그렇게 긴장감이 감돌던 어느 봄날이었다.

내향에 있는 석검장(石劍莊) 회의실에 각파의 수뇌부가 모였다.

커다란 방 안에는 수십 명이 앉아 있는데도 숨소리조차 들리지 않을 만큼 고요했다.

칠 할은 속인, 삼 할은 승려와 도사였다.

삼성궁과 천무회, 무림맹, 백검맹 등의 간부들과 강호명숙

들까지. 그야말로 내로라하는 강호 고수들이다.

하지만 그들의 표정은 숙연하다 못해 초상집에 온 사람들 같았다.

침묵이 길어지자 관호명이 답답한 표정으로 말문을 열었다.

"더 이상 밀리면 안 된다는 것을 모르는 분들은 없을 것이오. 놈들에게 타격을 줄 수 있는 방법이 있는 분은 허심탄회하게 말해 보시오."

그가 입을 열자 숨통이 트인 듯 여기저기서 헛기침 소리가 나왔다.

곧이어 이 사람 저 사람 의견을 내놓았다.

"조호이산지계가 별겁니까? 적의 수장을 끌어내서 척살합시다."

"고수들로 특공대를 꾸려서 천사지존을 몰래 살해하면 어떻겠습니까?"

"공성계를 펼쳐서 서협을 비운 척하고 적을 끌어들인 다음 포위해서 몰살시키는 겁니다. 제 생각이 어떻습니까?"

제법 그럴 듯한 의견들이었다.

하지만 세부적인 계획은 뒷받침되지 않은 채 말만 앞설 뿐이었다.

그렇게 반 각가량 중구난방으로 말이 오갈 즈음, 백검맹 쪽에서 한 사람이 일어났다.

"솔직하게 한 말씀 드리겠습니다. 삼성궁 쪽에서는 기분 나쁘시더라도 조금만 참고 들어 주십시오."

상당히 강하게 느껴지는 말투.

웅성거리던 사람들이 입을 닫고 그를 주시했다.

백검맹의 핵심 전력인 폭풍검대의 대주 주원호였다.

그는 사십 대 초반으로, 방 안에 각파의 수뇌부만 있다는 걸 생각하면 그래도 젊은 축에 속했다.

그가 삼성궁을 들먹이자, 구양환이 별걱정 다 한다는 투로 말했다.

"걱정 말고 무엇이든 말해 보게."

"감사합니다. 그럼 말씀드리지요."

주원호는 구양환을 향해 포권을 취하고는 장내의 군웅들을 둘러보며 말했다.

"지금까지 연합 세력을 주도한 곳은 삼성궁입니다. 이곳이 삼성궁의 영역이니 그에 대해선 토를 달 생각이 없습니다. 제가 말씀드리고 싶은 것은, 그동안 모든 작전을 총괄하고 의견을 모아 최종 결정을 내린 군사에 대해섭니다. 위 대협께서 잘 이끌어 오긴 하셨습니다만, 더 이상은 무리라는 생각입니다. 좀 더 솔직히 말씀드리자면, 위 대협의 능력으로 현 상태를 극복하기에는 역부족으로 보입니다."

위효릉의 눈꺼풀이 파르르 떨렸다.

지금까지 자신이 계획한 작전이 몇 번 실패한 것은 분명했다.

하지만 실패한 적보다 성공한 적이 훨씬 많았다.

물론 서협까지 밀린 것에 자신의 책임이 없는 것은 아니지만, 자신보다는 무사들의 책임이 더 크다는 게 그의 생각이었다.

'건방진 놈! 제 놈이 뭘 알아서?'

그럼에도 그는 억지로 웃음을 지으며 순순히 주원호의 질책을 받아들였다.

"허허허, 죄송하외다. 이 위 모도 책임을 통감하고 있소이다."

구양환도 이마를 찌푸렸지만, 대놓고 주원호의 말에 반론을 제기하진 않았다.

"그 말도 일리가 없는 것은 아니군. 하지만 위 군사는 그동안 많은 공을 세웠네. 한두 번 실패했다고 해서 그 공을 무시해서는 안 될 거네."

"당연합니다. 제가 말씀드린 것은 공을 무시하자는 게 아닙니다. 지난겨울과 달리, 적은 천사교에 혈문과 마종보가 합류한 상태입니다. 그들에게 위 군사의 방식이 통하지 않는다면, 새로운 군사를 내세워서 전체적인 작전 방식을 바꿔 보는 것도 괜찮지 않을까 해서 드린 말씀입니다."

그 말에 관호명이 부리부리한 눈으로 주원호를 바라보았다.

"생각하고 있는 사람이라도 있는가?"

"백선수사 유원당 대협이라면 새로운 바람을 일으킬 수 있지 않을까 합니다."

"흠, 선유원의 유 원주라면 나도 조금 알지. 학식과 병법에 매우 뛰어난 분이라고 하더군."

그런데 등조립이 눈살을 찌푸렸다.

"그가 뛰어난 사람이라는 것을 본인도 모르지 않네. 하지만 그는 큰 싸움을 지휘해 본 경험이 없는 사람 아닌가? 일천이 넘는 무사의 목숨이 걸려 있는데, 그에게 전권(全權)을 맡긴다는 것은 너무 위험한 일처럼 느껴지는군."

선우명도 고개를 저었다.

"아무래도 그렇지요. 대군을 움직이는 것은 단순히 병법에 밝아서만 되는 일이 아니외다."

사람들이 웅성거리며 그들의 의견에 동조하는 듯 고개를 주억거렸다.

"그 말은 등 대협의 말씀이 맞는 것 같구먼."

"하긴 공부와 실전은 다른 법이지."

그 때 조용히 앉아만 있던 조관수가 한마디 했다.

"아직 모르시는 모양이군요."

구양환이 미간을 좁히며 반문했다.

"뭘 말이오?"

"유 원주는 젊었을 적에 손가락 하나로 십만 병력을 움직여 본 사람이외다."

"……"

생각지도 못했던 말에 방 안이 고요해졌다.

조관수가 좌중을 둘러보며 말을 이었다.

"아실지 모르겠습니다만, 십칠 년 전에 황군이 섬서의 태평대회전에서 배가 넘는 적 병력을 큰 손해 없이 무찌르는 대승을 거둔 적이 있지요. 당시 총지휘권자가 바로 유 원주입니다. 석 달에 걸친 그 싸움에서 너무 많은 사람이 죽자, 전쟁에 환멸을 느끼고 젊은 나이에 낙향해서 선유원에 자리 잡았지요."

방 안에 있던 사람들은 경악해서 조관수를 바라보았다.

조관수가 이런 자리에서 헛소리할 리는 없을 터. 삼성궁 사람들은 누구도 입을 열지 못했다.

"그렇다면 경험에 대해선 더 따질 것이 없구려."

관호명이 묵직한 어조로 말하고는 좌중을 돌아다보았다.

"관 모는 주 대주의 의견에 찬성이오. 반대하는 분 있으시면 말씀해 보시지요?"

천무회로선 손해 볼 것이 없었다.

삼성궁이 군사직을 넘겨준다면 그만큼 그들의 입지가 약화된다.

거기다 유원당이 전황을 유리하게 되돌릴 수만 있다면 금상첨화였다.

"백검맹도 찬성이오."

백검맹의 대표라 할 수 있는 부맹주 태산검옹 백화청도 찬성했다.

그 뒤로는 일사천리였다.

무림맹의 장로들이 하나둘 찬성을 표했다.

"빈승도 그렇게 하는 것이 좋을 것 같다는 생각이오."

"빈도도 찬성하겠소이다."

"본 가주도 장로들과 같은 생각이오."

구양환은 속이 끓었지만 웃음을 지으며 말했다.

"허허허, 유 원주의 능력이 그토록 뛰어나다면 내 어찌 반대하겠소이까? 본 궁주 역시 군사직을 유 원주에게 맡기는 것을 찬성하겠소이다. 단, 당장 위 각주를 군사직에서 제외시키는 것은 너무나 큰 손실이라 생각하외다. 그러니 유원당을 총군사로 하고, 위 각주 역시 군사직에 놔두고서 그의 경험과 학식을 유용하게 활용했으면 싶소이다."

관호명도 그것까지는 반대하지 않았다.

"그것도 좋은 생각입니다, 궁주."

         *   *   *

황하를 건넌 지 이틀째 되던 날 밤.

북궁천 일행은 삼성궁에서 오십 리 떨어진 협성에 도착했다.

마을은 크지 않았지만 사냥꾼과 약초꾼을 상대하는 객잔
이 두 곳이나 있었다.

그들은 그중 대호객잔에 방을 얻었다.

저녁 식사를 마치고 방에 모이자, 잔머리 잘 굴리는 동호
량이 제법 조리 있게 말했다.

"구양 궁주는 대형이 북천마제의 명을 받고 헌원 소저를
데려가는 것으로 알고 있습니다. 그렇다면 헌원 소저의 아들
이 대형, 그러니까 북천마제의 아이라는 걸 짐작하고 있을 가
능성이 큽니다. 순순히 내주면 좋지만 그러지 않을 경우도 대
비해야 할 것 같습니다."

대부분 침중한 표정으로 고개를 끄덕였다.

하지만 북궁천은 복잡하게 생각하지 않고 당장 눈을 부
라렸다.

"안 내주면 다 때려 부수지, 뭐. 그랬다가는 천사교가 아니
라 내 손에 망할걸?"

"그러다 아기가 다치면요?"

"그건 안 되지."

북궁천의 표정도 신중해졌다.

장추람이 동호량을 보며 물었다.

"어떻게 하면 좋겠나?"

"아기의 위치를 알아낸 후 몰래 빼내면 어떻겠습니까?"

그럴 수만 있다면 만에 하나 있을지 모를 마찰을 피할 수
있다.

하지만 북궁천은 그 방법이 마음에 안 들었다.

자신의 자식을 데려가는데 물건을 훔치듯이 몰래 빼내다
니.

"다른 방법은?"

"몰래 빼내는 것 말고는 정면으로 돌파하는 수밖에 없습
니다. 문제는 저들의 반응이죠."

그 때 초강이 말했다.

"일단 정면으로 들이대고 나서 반응을 보며 대응하는 것
은 어떻겠습니까?"

이정한이 미간을 찌푸리며 염려하는 표정으로 반문했다.

"그들이 엉뚱한 생각을 품으면?"

"저자들도 함부로 하지 못할 겁니다. 아기가 잘못되거나
하면 생각지도 못한 벼락이 떨어질 거라는 걸 잘 알 테니까
요."

"그것도 그렇군. 그래도 혹시 모르니 저들의 감정을 건드
리지 않는 선에서 아기를 내놓으라고 해야 할 것 같은데."

다시 동호량이 자신의 생각을 말했다.

"할 말을 미리 생각해 놓고, 상대의 반응에 따라서 우리가
대처할 행동을 정해 놓으면 어떨까요?"

북궁천은 순순히 고개를 끄덕였다.

"좋아, 일단 아우들 말대로 해 보자. 엉뚱한 짓을 하면 저들도 알게 될 거다."

북천마제가 왜 공포로 불리는지!

*　　　*　　　*

이튿날 아침. 북궁천 일행은 삼성궁에 도착했다.

현 상황을 대변하듯 삼성궁의 분위기는 무겁게 가라앉아 있었다.

북궁천이 처음 왔을 때 보았던 삼성궁과는 사뭇 다른 느낌이었다.

지금도 천사교와 싸울 무사를 모집하고 있는 것은 변함없을 터. 그런데도 전과 달리 늘어서 있는 무사들이 없었다. 그저 쭈뼛거리며 안으로 들어가는 사람만 드문드문 보일 뿐.

전에는 삼성궁이 당연히 이길 거라 생각하고 공명심에 찾아왔겠지만, 지금은 사정이 다른 것이다.

'세상인심은 이곳이라 해서 다르지 않군.'

의? 협?

많은 사람이 침을 튀겨 가며 자신이 세상에서 제일 의협심이 강한 것처럼 이야기하지만, 실제로 의협에 목숨을 걸 수 있는 사람은 많지 않다.

그래서 대협이 된다는 게 쉬운 일이 아닌 것이다.

만인에게 대협이라 불리는 사람이 존중받는 것이고.

'구양우경 말대로 대협이 된다는 게 답답한 일이긴 해.'

북궁천은 쓴웃음을 지으며 일행과 함께 정문으로 다가갔다.

정문 위사들 중 북궁천과 태극문 제자들을 아는 무사가 하나도 없었다.

그들은 범상치 않아 보이는 자들이 다가오자 표정이 굳어졌다.

삼성궁에 찾아오는 무사는 대부분 두 부류다.

궁도가 되기 위해서 오는 사람. 그리고 친구나 아는 사람을 찾아온 사람.

그런데 척 봐도 둘 중 어느 쪽도 아닌 듯했다.

잔뜩 굳은 그들은 긴장한 표정으로 북궁천 일행을 막아섰다.

"무슨 일로 오셨습니까?"

북궁천이 먼저 몇 번이나 미리 연습해 둔 대답을 낯빛 하나 변하지 않고 술술 말했다.

"궁주님을 뵈러 왔소."

"궁주님을?"

"안에 계시오?"

"궁주님께선 지금 궁내에 계시지 않소."

북궁천도 모르지 않았다. 구양환은 지금쯤 천사교와의 싸움 때문에 연합 세력과 함께 있을 테니까.

그럼에도 물어본 것은 처음부터 기선을 잡기 위해서였다.

"아쉽군. 그분을 직접 뵙고 말씀드리려고 했는데."

"무슨 일 때문이 그러시는 거요?"

"아마 말해도 귀하는 잘 모를 거요. 그럼 현재 삼성궁을 총괄하시는 분은 어느 분이오?"

"구양신걸 대장로께서 궁주님을 대신해 궁을 이끌고 있소."

웅천검(雄天劍) 구양신걸이라면 궁주인 구양환의 숙부다. 대화할 상대로 적당했다.

"그래요? 그럼 그분을 만나 뵈어야겠군요."

"대장로님을?"

삼성궁에 있을 때 아기에 대해서 아는 사람이 아무도 없었다. 구양환이 헌원려려에게 아기가 있다는 사실을 사람들에게 숨겼다는 뜻.

그래도 구양신걸이라면 알 듯싶었다.

"가서 말씀드리시오. 서문려려 소저 때문에 왔다고 하면 대충 짐작하실 거요."

정문 위사는 철벽처럼 서 있는 북궁천 일행을 슬쩍 훑어보더니 경계하는 표정으로 물었다.

"이름이 어떻게 되시오?"

"나? 단화린."

구양신걸에게 단화린이 찾아왔다는 이야기가 전해진 것은 두 단계의 보고 체계를 거친 후였다.

경비 총책임자인 무호당주 조곽은 단화린이라는 이름을 듣고 화들짝 놀라서 구양신걸에게 득달같이 달려갔다.

구양신걸 역시 보고를 듣고 흠칫했다.

"단화린이 찾아왔다고?"

"예, 대장로!"

단화린은 삼성궁의 위명을 땅에 처박은 자다. 손자인 구양 우경을 병신으로 만들고 검신가를 나락으로 떨어뜨린 자.

그 일을 생각하면 당장 뛰쳐나가서 목을 쳐 버리고 싶었다.

하지만 감정대로 움직이기에는 그에 대한 소문이 너무 거창했다.

조카인 궁주가 남긴 말도 있고.

'궁주는 단화린이 오면 싸우지 말고 즉시 연락하라고 했다. 그럼 궁주는 그가 돌아올 거라는 걸 알고 있었단 말인가?'

구양신걸은 구양환이 남긴 말을 떠올리며 미간을 좁혔다.

그가 아무 말도 하지 않자, 조곽이 눈치를 보며 말했다.

"서문려려와 관계된 일로 왔다고 합니다, 대장로."

"서문려려는 그가 데려갔다고 하지 않았는가?"

"혹시 서문려려에게 무슨 문제라도 생긴 것 아닐까요?"

구양신걸도 당시의 상황에 대해서 이야기를 들었다.

서문려려에게 이상이 생기면 만인의 피로 중원이 붉게 물들 거라는 엄포를 놓고 떠났다고 했다.

하지만 그것 때문에 온 것 같진 않았다.

"아냐, 그랬다면 굳이 나를 만날 것도 없이 당장 날뛰었을 게야."

"그럼?"

구양신걸의 눈빛이 깊어졌다.

"그는 내가 만나 볼 테니, 너는 지금 즉시 사람을 보내서 궁주께 단화린이 왔다는 사실을 알려라."

"예, 대장로."

"그자에 대해서 함부로 떠들지 않도록 입단속 잘 하고, 검선당 아이들을 대기시켜 놓도록 해."

"알겠습니다."

구양신걸은 호위무사 넷을 거느리고 북궁천 일행이 있는 객당으로 갔다.

그가 거느린 호위무사는 다섯이지만, 암암리에 정예무사 오십여 명이 객당을 철저하게 둘러쌌다.

북궁천은 알면서도 모른 척 방 안에서 태연하게 구양신걸을 맞이했다.

북궁천의 뒤에는 장추람과 냉호, 철교신이 서 있고, 북풍사객과 태극문 제자들, 이조량은 방문 앞에서 사람들의 접근을 막았다.

호위무사와 함께 방 안으로 들어서던 구양신걸은 북궁천 뒤에 서 있는 세 사람에게서 산악을 무너뜨릴 것 같은 무거운 기도가 느껴지자 표정이 딱딱하게 굳어졌다.

'대단한 자들이군.'

그가 탁자를 사이에 두고 북궁천 맞은편에 앉자, 호위무사들이 바로 뒤에 부채꼴 형태로 시립했다.

구양신걸은 앞에 놓은 찻잔으로 가볍게 입을 축이고, 잔을 탁자 위에 내려놓으며 물었다.

"자네가 단화린인가?"

"그렇습니다."

"노부는 구양신걸이라 하네. 그동안 자네에 대한 말은 많이 들었지."

딱딱한 목소리. 나직이 말하는 구양신걸의 눈빛이 차갑게 번뜩였다.

"들으셨다면 손자 때문에라도 제가 반갑지 않으시겠군요."

"솔직히 그런 마음도 없지 않네."

"제가 잘못했다고 보십니까?"

"글쎄, 뭐라고 말하기가 좀 그렇군. 어쨌든 우경이가 잘못한 점도 있으니까."

"잘못한 점도 있는 게 아니라, 잘못한 겁니다."

구양신걸의 주름진 이마에 골이 깊게 파였다. 조금 가늘어진 눈에서 흘러나오는 눈빛이 잘게 흔들렸다.

치미는 화를 억지로 누르고 있는 듯했다.

"그래도 조용히 처리할 수 있는 문제였다고 보네. 많은 사람들 앞에 굳이 드러낼 필요는 없었지 않은가?"

"그럴 상황이 아니었지요. 어차피 천무회 일까지 겹쳐서 말입니다."

"그것 역시 자네가 알아낸 일이라 알고 있네만."

"어쩌다 보니 그렇게 되었습니다."

"서문려려를 데려가려고 일을 크게 벌였다는 말도 있던데. 정말 그 일 때문에 그런 것은 아닌가?"

"검신가 쪽에서 보면 그렇게 볼 수도 있겠지요. 하지만 다른 사람들은 그렇게 생각하지 않더군요."

담담한 북궁천의 대답에 구양신걸은 내심 이를 갈았다.

하지만 먼저 화를 낼 수도 없어서 억지로 분노를 눌렀다.

"그런데 이상하군. 듣자 하니 이번에도 서문려려 때문에 왔다면서? 그녀는 자네가 데려가지 않았나?"

"데려갔지요. 그런데 다쳐서 정신을 잃는 바람에 정작 데려가야 할 사람을 데려가지 못했습니다. 그래서 다시 찾아온 겁니다."

"데려가야 할 사람이 또 있단 말인가?"

"있습니다. 그것도 이곳에. 구양 궁주도 데려가도록 허락한 일입니다."

구양신걸은 의아한 표정으로 북궁천을 바라보았다.

"궁주가 허락을 했다고? 누구를 데려가려고 하는데……?"

순간적으로 북궁천의 두 눈에서 서릿발 같은 한광이 번뜩였다.

"그녀의 아들, 진아입니다."

"아들? 서문려려의 아들이라고 했나?"

"그렇습니다. 이곳에 있다는 걸 다 알고 왔으니 발뺌하진 마십시오."

구양신걸은 조금 전의 분노조차 잊은 채 어리둥절한 표정을 지었다.

"허어, 무슨 말인지 모르겠군. 서문려려에게 아들이 있다는 것도 놀라운데, 더구나 그 아들이 본 궁에 있다니 말이야."

"제 인내심을 시험해 보실 생각이 아니라면 순순히 내주시기 바랍니다."

"지금 노부를 협박하겠다는 건가?"

기분이 상한 듯 구양신걸이 눈을 치켜떴다.

그러나 북궁천은 눈 하나 깜짝하지 않고 냉랭히 말했다.

"협박이 아닙니다. 그녀의 아들을 내놓으라고 요구하고 있는 겁니다."

"글쎄, 노부는 그녀에게 아들이 있다는 말을 자네에게 처음 들었네. 그런데 알지도 못하는 아들을 내놓으라니?"

북궁천은 계속 부인하는 구양신걸을 노려보았다.

구양신걸의 눈빛은 한 점 흔들림이 없었다.

'빌어먹을. 숙부에게도 알리지 않았단 말인가? 그럼 아는 사람이 생각보다 더 적다는 말이군.'

그는 시간을 오래 끌고 싶지 않았다.

"정 모르신다면 제가 직접 영선원으로 가죠."

"서문려려의 아들이 그곳에 있단 말인가?"

"그렇게 들었습니다. 그녀에게 직접."

"허어어, 정말 알 수 없군."

북궁천은 탄식하듯이 한숨을 내쉬는 구양신걸을 놔둔 채 자리에서 일어났다.

"혹시라도 우리를 막을 생각이라면 그만두십시오. 공연한 피바람을 일으키고 싶지 않으니까."

구양신걸도 인상을 쓰며 일어났다.

"뭐라? 우리 삼성궁이 그리도 우습게 보이는가?"

"막지만 않으면 아무 일 없을 겁니다."

"보자 보자 하니까, 정말 오만하구나!"

북궁천이 천천히 고개를 돌려 구양신걸을 응시했다.

"오만이라…… 진짜 오만한 사람을 대해 보지 못한 것 같군요."

"뭐야?"

구양신걸이 버럭 소리침과 동시에 뒤쪽에 서 있던 호위무사들이 검을 뺐다.

차차창!

"감히 대장로께 그게 무슨 말버릇이냐!"

그 때였다.

"그대들이 나설 자리가 아니다!"

냉랭히 일성을 내지른 북궁천이 앞으로 한 걸음 내디뎠다.

화아아악!

가공할 무형지기가 부챗살처럼 퍼지면서 호위무사들을 덮쳤다.

순간, 호위무사들이 철벽에 부딪친 것처럼 튕겨 나갔다.

퍼버버벅!

"크윽!"

"헉!"

구양신걸은 숨이 턱 막혔다.

자신에게 아무런 해도 입히지 않고서 호위무사 다섯 명을 튕겨 낸 북궁천이다.

가히 절대라는 말이 어울리는 가공할 위세!

'설마 무형탄강?'

무형지기의 정체를 눈치챈 그의 눈빛이 거세게 떨렸다.

구양환과 등조립, 선우명이 합공하고도 이기지 못했다는

소문을 듣긴 했다. 하지만 그도 다른 사람처럼 그 소문을 조금도 믿지 않았다.

그런데 막상 눈앞에서 그의 위세를 접하니 그 소문이 사실일지도 모르겠다는 생각이 들었다.

"저는 아기만 찾아가면 됩니다. 서로 피곤한 일은 벌이지 맙시다."

북궁천이 무심한 말투로 말하고 방문을 향해 걸음을 옮겼다.

구양신걸은 더 이상 그를 막지 못했다. 아니, 막을 수가 없었다.

북궁천 일행이 방에서 나오자 포위하고 있던 자들이 모습을 드러냈다.

하지만 북궁천 일행은 조금도 머뭇거리지 않고 마당으로 내려섰다.

그러고는 궁 안쪽으로 들어가려 하자, 조곽이 인상을 쓰며 앞을 막았다.

"어딜 가려고 하느냐?"

"영선원. 그대가 안내해 주겠소?"

"뭐야? 내가 왜 너희들을 그곳으로 안내한단 말이냐?"

"안내해 주지 않을 거라면 비켜."

"네가 어디서……."

찰나였다.

북궁천이 다시 걸음을 옮겼다.

저벅, 저벅, 저벅.

조곽은 가공할 압박감에 숨을 쉴 수가 없었다. 안색이 창백하게 질린 그는 자신도 모르게 뒤로 두 걸음 물러섰다.

그를 향해 북궁천이 냉랭히 말했다.

"다 죽여야 갈 수 있다면 그렇게 하지. 선택은 그대가 알아서 하도록."

조곽의 어깨가 잘게 떨렸다.

이제야 그는 세상이 왜 그의 이름으로 들썩거렸는지 이해할 수 있을 것 같았다.

'어디서 이런 자가……!'

그 때 방을 나온 구양신걸이 침중한 표정으로 말했다.

"조 당주, 자네가 그들을 영선원으로 안내해 줘라. 그곳은 허락 없이 들어갈 수 없는 곳, 노부가 허락했다고 하면 들여보내 줄 것이다."

第四章

아기는 어디에

영선원은 삼성궁의 뒤쪽 계곡의 깊숙한 곳에 있었다.

말이 삼성궁 내부지, 건물군에서 오백 장이나 떨어져 있어서 실질적으로는 외부나 마찬가지였다.

영선원에는 검신가의 최고 원로 세 사람이 기거했는데, 평상시 사람들의 출입을 엄격하게 통제했다.

하지만 조곽이 직접 그곳까지 안내해서 구양신걸의 허락을 받았다고 하자 안으로 들여보내 주었다.

단, 북궁천 한 사람만.

북궁천이 조곽을 따라 안으로 들어가는데 마침 건물 안에서 노인이 나왔다.

쭈글쭈글한 살결, 눈처럼 하얀 머리카락과 수염. 나이를 짐작키 힘든 노인이었다.

노인은 두 사람을 보더니 걸음을 멈추고 물었다.

"이곳에는 무슨 일로 왔느냐?"

조곽이 대답하기 전에 북궁천이 먼저 말했다.

"아이 하나가 이곳에 있다 들었습니다. 그 아이를 데려가려고 왔습니다."

그 말에 노인이 모호한 표정을 지었다.

"아이라……."

"돌이 지난 지 몇 달 된 아이지요. 어디에 있습니까?"

"흘흘흘, 그 아이는 두어 달 전에 이곳을 떠났느니라."

순간적으로 북궁천의 머릿속이 텅 비었다.

"떠났다고요?"

"그래. 몸이 약해서 치료를 받고 있었는데, 갑자기 어디론가 데려갔지."

곧 정신을 차린 북궁천이 다급히 물었다.

"누가 데려갔습니까? 아니, 누구의 명령으로 데려갔습니까?"

"이 늙은이도 그것까지는 모른다."

그 때 다른 방에서 노인 하나가 고개를 내밀었다.

노인은 달처럼 둥근 얼굴에 박힌 동글동글한 눈을 깜박이며 말했다.

"진아릉 창능가(진아를 찾는가)?"

처음 노인이 그 노인의 말에 대답했다.

"그런가 봅니다, 형님."

"그 애능 송주 명느링가 보냉 살랑들이 데령갔당. 워낭 귀영웅 놈잉어서 보냉지 않으령공 행능데, 치룡 때뭉에 꼭 다릉 공스로 옮겨양 항다고 상정해서 어정 수 없잉 보냈징.(그 애는 손주 며느리가 보낸 사람들이 데려갔다. 워낙 귀여운 놈이어서 보내지 않으려고 했는데, 치료 때문에 꼭 다른 곳으로 옮겨야 한다고 사정해서 어쩔 수 없이 보냈지.)"

이가 거의 다 빠져서 말을 제대로 알아듣기가 쉽지 않았다.

그래도 중요한 몇 마디는 놓치지 않았다.

'손주 며느리가 다른 곳으로 옮겨야 한다고 사정해서 어쩔 수 없이 보냈다?'

북궁천은 그 노인에게 물으려다가 고개를 돌려 처음 노인에게 물었다.

"손주 며느리라고 하면 어떤 분을 말씀하시는 겁니까?"

"흘흘흘, 그야 궁주 부인이지."

"어디로 옮겼는지 아십니까?"

두 노인이 모두 고개를 저었다.

"모르네."

"그냥 멍 공스로 데령강다공만 하덩궁나.(그냥 먼 곳으로 데려간다고만 하더구나.)"

두어 달 전이면 헌원려려와 떠나기 직전이다.

부인 혼자서 아이를 옮기지는 않았을 것이다. 아무래도 구양환이 작정하고 아기를 옮긴 것 같다.

좋은 뜻으로 옮긴 것은 아닐 터.

북궁천의 두 눈에서 싸늘한 한기가 출렁거렸다.

몸을 돌린 그는 조곽을 직시했다.

"궁주 부인을 만나야겠소. 안내해 주시오."

조곽은 그의 눈빛을 보고 등골이 오싹했다.

하지만 무작정 그를 궁주 부인에게 안내할 수도 없었다.

"허락이 없으면 만날 수 없소."

북궁천은 더 말하지 않고 영선원을 나섰다.

그가 빈손으로 나오자 밖에서 대기하고 있던 이정한이 초조한 표정으로 물었다.

"어떻게 됐습니까, 대형? 아기는?"

"다른 곳으로 옮겼다는군. 그걸 알기 위해서 궁주 부인을 만나러 갈 생각이다."

조곽이 급히 말을 덧붙였다.

"조금 전에도 말했지만 허락이 있기 전에는……."

"그럼 지금 가서 허락을 맡으시오. 내가 도착할 때까지. 만약 늦으면 더 이상 참지 않을 것이오."

북궁천은 그 말만 하고 걸음을 옮겼다.

당황한 조곽은 잠시 생각하더니 수하 하나를 구양신걸에

게 보냈다.

　북궁천 일행이 삼성궁의 전각군이 있는 곳에 도착했을 때 구양신걸이 나와 있었다.

　"궁주 부인을 만나겠다고?"

　"그렇소. 지금 당장."

　"미안하지만 궁주 부인은 이 시간에 사람을 만나지 않네."

　"만나야 할 거요."

　"고집을 부리겠다는 건가?"

　그 때였다.

　북궁천이 냉랭한 목소리로 장추람 등을 불렀다.

　"추람, 호, 교신!"

　묵묵히 뒤에 서 있던 장추람 등이 고개를 숙였다.

　"말씀하시지요."

　"이제부터 궁주 부인이 있는 곳까지 갈 것이다. 앞을 막는 자는 누구를 막론하고 목을 쳐라! 백이든 천이든 상관없다!"

　"존명!"

　차창! 스릉!

　세 사람과 북풍사객은 두말하지 않고 무기를 빼 들었다.

　구양신걸이 대경실색해서 소리쳤다.

　"이게 무슨 짓……?"

　"죽고 싶다면 얼마든지 내 앞을 막으시오."

무심한 목소리를 내뱉은 북궁천은 서슴없이 걸음을 옮겼다.

"이런 건방진!"

구양신걸의 좌우에 늘어서 있던 자들 중 넷이 몸을 날려 앞을 막았다.

순간, 북풍사객이 먼저 앞으로 튀어나가며 도검을 휘둘렀다.

쩌저정! 떠덩!

"크억!"

"으헉!"

단 일격에 삼성궁 무사 넷이 뒤로 튕겨지며 나가떨어졌다.

갑작스런 상황에 잠시 멍해져 있던 삼성궁 무사 이십여 명이 북궁천 일행을 막아섰다.

"비켜라!"

장추람이 일갈을 내지르고는 커다란 검을 신경질적으로 내쳤다.

가공할 검세가 폭풍처럼 전방을 휩쓸었다.

떠더더덩! 쩌정!

검풍에 휘말린 자들 대여섯 명이 정신없이 물러섰다.

개중에는 옷자락이 갈라져서 피가 보이는 자도 있었다.

뒤이어서 냉호가 도를 휘두르고, 철교신도 성큼성큼 걸음을 옮기며 창을 휘돌리며 뻗었다.

쒜에에엑!

콰아아아아!

가공할 기운이 폭풍처럼 일어나며 삼성궁 무사들을 덮쳤다.

마치 호랑이 세 마리가 양떼들 속으로 뛰어든 듯했다.

한순간에 십여 명이 나가떨어지자, 대경한 구양신걸이 다급히 소리쳤다.

"모두 물러서라!"

삼성궁 무사들은 멀찌감치 물러나서 질겁한 표정으로 북궁천 일행을 주시했다.

북궁천은 삼성궁 무사들이 부상은 당했을지언정 죽은 자가 없자 눈살을 찌푸렸다.

"너희들 손도 많이 무뎌졌군."

장추람이 어깨를 으쓱했다.

"소군을 찾는 게 먼저인 것 같아서 말입니다."

냉호는 조금도 걱정할 것 없다는 듯 냉랭히 말했다.

"지금부터는 확실하게 숨통을 끊어 놓죠."

철교신도 무뚝뚝하게 변명답지 않은 변명을 했다.

"상대도 상대다워야 죽이는 맛이 있지 않겠습니까?"

그 때였다.

잔뜩 긴장해 있던 동호량이 이때라는 듯 재빨리 나섰다.

"대형, 제가 대장로께 다시 한 번 말씀드려 보겠습니다."

그러고는 구양신걸을 향해 말했다.

"대장로, 저희와 싸워서 무슨 득이 있겠습니까? 궁주 부인을 만나서 한 가지만 물어보면 되는 일이니 서로 좋게, 좋게 풀어 나가도록 하지요."

구양신걸로서는 분노할 여력도 없었다.

자신과 함께 있던 무사들은 삼성궁의 정예무사들이다. 그런데 십여 명이 한순간에 무너졌다.

더구나 단화린은 그들보다 더한 절대고수!

아마 저들이 손에 사정을 두지 않았다면 그들 대부분이 죽었을지 모른다.

정말 싸움이 벌어진다면 얼마나 많은 무사들이 죽을지 짐작도 되지 않는 상황.

구양신걸은 그제야 왜 궁주가 싸우지 말라고 했는지 알 것 같았다.

"정말 부인만 만나면 되는가?"

"부인께 아기가 어디로 갔는지에 대해서만 들으면 됩니다. 그리 중요하지도 않은 일 때문에 수많은 무사들이 죽는다면 너무 안타까운 일 아닙니까?"

구양신걸은 북궁천을 향해 고개를 돌렸다.

무심한 표정, 뒷짐 지고 있는 북궁천에게서 거역키 힘든 위엄이 느껴졌다.

'저자는 절대 평범한 자가 아니다. 절대자의 위치에 올라

본 자가 아니면 지닐 수 없는 기도야.'

어쨌든 동호량의 말대로 궁주 부인에게 질문 하나 하는 것을 막겠다고 무사들을 죽음으로 내몰 수는 없는 일.

그는 분노를 안으로 삼키고 동호량의 제안을 받아들였다.

"좋네. 함께 가도록 하세. 단, 궁주 부인을 만나는 사람은 자네 혼자여야 되네."

*　　　*　　　*

구양환의 부인인 백소하는 삼성궁의 안주인답게 품위 있는 모습으로 북궁천을 맞이했다.

그녀는 북궁천이 앞에 서 있는데도 태연하게 차를 한 모금 마시고 찻잔을 내려놓았다.

그러고는 분홍빛 수건으로 입술을 가볍게 찍어 내고 미소를 띤 표정으로 물었다.

"저를 만나자고 하셨다고요?"

북궁천은 가타부타 설명을 잘라 내고 단도직입적으로 물었다.

"아기를 어디로 옮겼습니까?"

이미 북궁천이 왜 찾아왔는지 구양신걸에게 들은 그녀는 담담한 표정으로 고개를 저었다.

"미안하지만 말할 수 없어요."

"말하셔야 합니다."

"말하지 않으면 죽일 것처럼 말하는군요."

"아기를 찾기 위해서라면 무슨 짓이라도 할 수 있습니다."

순간, 백소하 옆에 있던 스물두세 살쯤 된 아름다운 여인이 눈을 치켜떴다.

"뭐라구요? 지금 어머니를 협박하겠다는 건가요?"

구양환의 딸인 구양수향이었다.

그녀도 단화린의 이름을 들어 보긴 했다.

도대체 어떤 자인데 헌원려려를 데려가기 위해서 만 리 길을 왔는지 궁금했다.

그래서 호기심에 나와 봤는데, 감히 삼성궁 궁주 부인에게 협박조로 말하다니!

생각도 못 한 상황에 어이가 없고 분노가 치민 그녀는 한소리 내지르고는 북궁천을 노려보았다.

하지만 북궁천은 그녀의 말에 눈빛이 더욱 차가워졌다.

"맞아. 협박하는 거야. 진실을 말하지 않으면, 아마 당신이 상상하는 것 이상의 참혹한 결과가 벌어질 거야."

"당신 정말……!"

구양수향이 발끈했다.

그 때였다.

북궁천의 전신에서 무형의 기운이 스멀거리며 흘러나왔다.

절대의 무형지기!

방 안에는 구양신걸을 비롯한 삼성궁의 고수들이 몇이나 있었지만 숨도 제대로 쉬지 못했다.

"나는 조용히 해결하고 싶어. 그런데 그대들은 내 마음을 너무 모르는군."

나직이 입을 연 북궁천의 시선이 다시 백소하를 향했다.

동시에 방 안을 짓누르던 무형지기가 거짓말처럼 사라졌다.

백소하의 표정이 처음으로 흔들렸다.

그러나 그녀는 자신의 마음을 드러내지 않고 여전히 담담한 표정으로 말했다.

"마치 당신 아기라도 되는 것 같군요."

'맞아. 내 아기지.'

하지만 북궁천은 목까지 솟구친 그 말을 삼키고 무심한 어조로 말했다.

"부인의 말 한마디에 수백 명의 목숨이 달려 있습니다. 아기만 돌려주면 되는데 왜 일을 복잡하게 만드는지 알 수 없군요."

백소하는 다시 찻잔을 들어 입술을 축였다.

짧은 시간 동안 생각을 정리한 그녀는 찻잔을 내려놓고 붉은 입술을 열었다.

"좋아요, 솔직하게 말하죠. 사실 나도 아기가 어디에 있는지 장소를 몰라요. 궁주께선 아실지도 모르지만."

북궁천의 눈매가 매섭게 치켜 올라갔다.

"부인이 아기를 옮겼다고 들었습니다. 그런데도 모른다? 지금 저를 놀리시겠단 겁니까?"

"사실이에요. 궁주의 말을 전해 듣고 내가 아이를 그곳에서 빼내 다른 사람에게 넘겨주긴 했지만, 어디로 옮겼는지 장소는 몰라요."

흔들림 없는 목소리. 눈빛도 잔잔하다.

'빌어먹을!'

아무래도 구양환이 만약의 상황을 생각해서 부인에게조차 알리지 않은 것 같다.

사실이 그렇다면 그녀가 모르는 것도 이해가 되었다.

'단순히 려려의 아기여서 옮긴 것은 아닐 것이다. 혹시 아기가 누구의 아기인지 짐작하고 옮긴 건가?'

그럴 가능성도 없지 않았다.

그는 헌원려려와 북천마제의 관계를 그때 이미 짐작하고 있었지 않은가 말이다.

'제기랄, 능구렁이 같은 작자가 내 아기라는 걸 눈치챘나 보군.'

북궁천은 속으로 이를 갈면서·백소하에게 하나 더 물었다.

"누가 아기를 옮겼습니까? 설마 그것까지 모른다고는 않겠지요?"

백소하는 잠시 망설였지만, 북궁천의 분노가 깃든 눈빛을 보고는 하는 수 없이 사실대로 말했다.

"수룡위사대의 능 대주예요."

"그는 어디 있습니까?"

"아기와 함께 있을 거예요."

자신만 알기 위해서 돌아오지 못하게 한 것 같다.

그렇다면 현재 정확한 위치를 아는 사람이 구양환밖에 없다는 말.

'빌어먹을 인간, 정말 철저하게 숨겼군.'

*   *   *

삼성궁을 나온 북궁천의 표정은 만년설이 얼어붙은 천산의 얼음처럼 차가웠다.

기대가 컸던 만큼 분노도 컸다.

뒤따르는 북천궁 사람들도, 태극문 제자와 이조량도 말붙일 엄두를 내지 못했다.

그의 입이 열린 것은 십여 리가량 걸었을 때였다.

"확 엎어 버릴까?"

나직하게 으르렁거리는 목소리.

그냥 하는 말 같지가 않다.

장추람이 슬쩍 북궁천의 표정을 살피며 되물었다.

"우리들만으로는 힘들지 않겠습니까?"

"구양환과 쥐새끼들을 잡는 것 정도는 충분할 것 같은데."

아무도 대답을 하지 않았다.

그 때 걸음을 우뚝 멈춘 북궁천이 하늘을 올려다보았다.

"후우우우, 진아만 아니면 정말 그러고 싶은데……."

그러다 진아가 다치기라도 하면 평생 후회할 것이 분명하다. 그러니 성질대로 할 수도 없고…….

눈치를 보던 이정한이 조심스럽게 말했다.

"잘못하면 아기에게도 영향이 미칠 수 있습니다. 일단 마음을 차분하게 가라앉히십시오, 대형."

자신도 그러고 싶다.

그래야 한다는 걸 왜 모를까?

답답해서 미칠 것 같은 마음이 문제지.

"좋아, 일단 구양환을 만나 보자. 만나 보면 무슨 말이 있겠지."

북궁천이 분노를 삭이자, 일행들은 안도하며 가슴을 쓸어내렸다.

*　　　*　　　*

"뭐야? 단화린?"

"분명히 그자입니다, 각주."

잠은각주 천유문은 측근인 천상호에게 보고를 받고 이마

를 찌푸렸다.

천상호는 최측근이자 사촌조카로 허튼소리를 할 사람이
아니다. 그의 능력을 높이 사서 공석인 우령주로 삼을 생각
마저 하고 있는 터였다.

그렇다면 정말 단화린이 삼성궁에 왔다는 말.

천유문이 긴장한 표정으로 물었다.

"그가 이곳에 온 이유는?"

"아기를 찾으러 왔다고 합니다."

천유문도 다른 사람과 다르지 않았다.

그는 눈을 깜박이며 의아한 표정으로 물었다.

"아기라니?"

"서문려려의 아기라고 합니다."

"무슨 말이야? 서문려려에게 아기가 어디 있어?"

잠은각이 어떤 곳인가?

대공자의 부인이 될 여자였던 서문려려에게 아기가 있다는
것도 모르고 있었다면, 잠은각의 문을 걸어 닫으라고 해도
할 말이 없었다.

그런데 천상호가 자신의 생각을 말했다.

"그가 영선원까지 갔다는 걸로 봐서, 지난해 여름부터 영
선원에서 기르던 아기가 아무래도 서문려려의 아기였나 봅니
다."

"뭐? 그럼 구양우경과 혼인하기로 한 서문려려에게 정말로

아기가 있었단 말인가?"

"그렇게 생각할 수밖에 없는 상황입니다, 각주."

천유문은 곤혹스러운 표정으로 방 안을 서성거렸다.

그러다 무슨 생각을 했는지 걸음을 멈추고 눈빛을 번뜩였다.

"그 아기가 구양우경의 아기는 아닐 거다."

"물론입니다. 구양우경이 서문려를 만난 것은 작년 봄의 일입니다."

"서문려는 원래 이름이 헌원려고 북천궁의 북천마제가 좋아하는 여인이라고 했지?"

"예, 각주. 그래서 단화린이 그녀를 데려가려고 중원까지 왔다는 게 지금까지 알려진 사실입니다."

"상호, 그럼 그 아기의 아버지는 누굴까?"

묻는 천유문의 노안에서 신광이 번뜩였다.

"그 아기의 아버지는…… 억! 설마……?"

무심코 대답하던 천상호가 눈을 홉떴다.

"중간에 다른 남자가 끼지 않았다면, 생각할 수 있는 사람은 하나밖에 없다."

북천마제 북궁천!

"그, 그럼 그 아기가 북천마제의 아기란 말이군요."

"그러니까 단화린이 찾으러 온 것이겠지."

"그런데 왜 두어 달 전 떠날 때 찾아가지 않았을까요?"

"아마 헌원려려가 정신을 잃는 바람에 미처 알려 주지 못한 것일 수도 있어."

"그럼 헌원려려가 정신을 차렸다는 말이군요."

"맞아. 다만 정신을 차리긴 했어도 몸이 건강한지, 아니면 크게 아픈지는 아직 알 수 없는 일이지."

차근차근 단추를 꿰어 가던 천유문이 천상호를 직시했다.

"그가 아직도 궁 안에 있느냐?"

"아닙니다. 반 각 전에 나갔습니다."

"아기는? 단화린이 데려갔나?"

"그는 아기를 찾지 못했습니다."

"영선원에 있었지 않느냐?"

천상호가 곤혹한 표정으로 대답했다.

"분명 그곳에 있었는데, 지금은 없습니다. 그 바람에 단화린이 궁주 부인을 만나기까지 했습니다."

"궁주 부인을? 그럼 궁주 부인이 아기가 어디 있는지 안단 말이냐?"

"그에 대한 것은 아직 확인해 보지 않았습니다만, 단화린이 궁을 떠날 때의 표정으로 봐서 아기의 행방을 알아내지 못한 것 같습니다."

"영선원에도 가 보고 궁주 부인까지 만났는데도 아기의 행방을 알아내지 못했다?"

순간적으로 천유문의 눈빛이 싸늘해졌다.

"게다가 구양신걸은 그에 대해 알리지 않고 쉬쉬했다. 그렇다면 누군가에게 미리 언질을 받았다는 말인데……."

"구양 장로에게 명령을 내일 수 있는 사람은 궁주뿐입니다."

"맞아. 결국 궁주는 아기에 대해서 알고 있었고, 아기가 영선원에서 빼돌려진 것도 궁주의 지시 때문일 가능성이 높다."

결론을 내린 천유문이 천상호에게 지시를 내렸다.

"종원이에게 알려라. 궁주의 움직임을 잘 살펴보라고 해. 그리고 사람을 보내서 단화린의 움직임을 주시해라. 궁주 쪽에서 눈치챌지 모르니 너무 가까이 붙지는 말고, 멀리서 어디로 가는지만 지켜보라고 해."

"예, 각주."

*   *   *

그날 오전. 서협의 진원보에서 천사교 무리 중 일부가 나섰다.

숫자는 삼백여. 천사교도와 혈문, 마종보 무사들로 이루어진 그들은 내향에서 육십 리 떨어진 성곡진까지 이동했다.

그 소식이 내향에 머물고 있던 연합 세력에 전해진 것은 미시 무렵이었다.

"놈들이 성곡진까지 진출했습니다. 인원은 삼백 명 정도. 고수는 많지 않습니다만……."

유원당은 잠은각 좌령주 천종원의 보고를 받으며 무표정한 얼굴로 탁자 위를 내려다보았다.

탁자 위에 넓은 종이가 펼쳐져 있었다.

가로세로 넉 자가량의 종이에는 인근 오백 리 일대의 지리가 세밀하게 그려져 있었다.

그는 성곡진이라고 쓰인 곳에 붉은 돌을 올려놓았다.

그처럼 붉은 돌이 놓인 곳은 모두 네 곳. 그중 성곡진이 제일 가까웠다.

천종원의 보고가 끝나자 유원당이 턱을 쓰다듬으며 말했다.

"우리를 끌어내겠다는 생각인 것 같군."

"그렇다면 일단 지켜보면서 대응해야겠군요."

"아쉬운 것은 우리에게 그럴 여유가 없다는 거네."

"하면?"

"놔두면 놈들의 숫자는 점점 불어날 거야. 그러다 코앞에 산이 쌓이면 나중에는 치고 싶어도 칠 수가 없지. 그렇다고 해서 더 물러날 수도 없고. 하지만 무엇보다도, 수뇌들이 가만있지 못할 거네."

천종원의 이마에 골이 파였다.

"그럼 함정일지 모른다는 걸 알면서도 공격해야 한단 말씀입니까?"

"어쩔 수 없지. 단, 공격하되 저들이 원하는 방식을 피해야할 게야."

"그나마 방법이 있다니 다행이군요."

"다행이랄 것도 없네. 내가 선택한 공격 방식을 우리 쪽 수뇌부에서 받아들이면 좋은데 반드시 그럴 거라는 보장이 없거든."

"계책만 탁월하다면 받아들이지 못할 것도 없지 않겠습니까?"

"탁월이라…… 그럴 수도 있긴 한데, 내가 생각하고 있는 공격 방식이 좀 지저분하네. 아마 싫어하는 분들이 많을 거야."

"그래도 이길 수만 있다면……."

"일반적인 전쟁에서는 승리가 최고의 덕목이지. 그런데 자네도 알다시피 강호는 조금 다르네. 내가 걱정하는 것은 적보다 우리 쪽 수뇌부들의 마음이야."

정파는 명분을 중요시한다. 비정상적인 방법으로, 또는 악한 방법을 써서 승리하면 승리하고도 욕을 먹는다.

물론 사악한 천사교를 상대로 하는 싸움인 만큼 그런 마음을 가진 사람이 다른 때보다는 적겠지만.

그래서 강호의 싸움은 대부분 정면 대결을 선호한다. 심지어 합공하는 것조차 정당하지 못하다고 생각하는 사람마저 있다. 특히 정파는 더 그렇다.

문제는 유원당이 생각하고 있는 계책이 그러한 싸움과는 거리가 멀다는 점이다.

어쩔 수가 없었다.

불리한 상황을 뒤집기 위해서는 피해를 최소화하고 승리해야 했다.

"잔소리를 들어도 내가 나중에 듣겠네. 그렇게 알고, 가서 간부 회의를 소집하게."

천종원은 새삼스런 눈으로 유원당을 바라보고는 고개를 숙였다.

"알겠습니다, 군사."

＊　　　＊　　　＊

연합 세력은 석검장 외에 내향의 작은 장원 두어 곳과 몇 곳의 객잔을 통째로 얻어서 거점으로 정하고는 각 세력별로 기거하게 했다.

잠자리와 식사를 한꺼번에 해결할 수 있으니 그것도 나쁘지 않은 생각이었다.

삼성궁은 내향 외곽의 석검장에 머물고 있었는데, 구양환이 단화린의 등장에 대해서 보고를 받은 것은 그날 신시 초였다.

그리고 그로부터 반 시진 후, 두 번째 소식이 전해졌다.

구양환은 북궁천이 백소하까지 다그쳤다는 말을 듣고 입술을 지그시 깨물었다.

'건방진 놈. 감히 부인을 협박하다니!'

그가 분노를 삭이는 동안 사용화가 계속 보고를 올렸다.

"놈들은 부인을 만나고 나서야 궁을 나섰답니다."

"지금 어디에 있지?"

사용화가 굳은 표정으로 대답했다.

"이곳으로 오는 중입니다."

"모두 열두 명이라고 했던가?"

"예, 궁주. 연락 온 바로는 하나같이 범상치 않은 자들이라 합니다."

"그래?"

잠시 생각에 잠겼던 구양환이 사용화에게 명을 내렸다.

"네가 그를 만나라. 그리고 그에게 오늘 밤 술시 말에 적미진(赤眉鎭) 북쪽의 공자묘로 오라고 전해라."

사용화가 흠칫하며 눈을 들었다.

"직접 만나시는 것은 위험하지 않겠습니까? 허락하신다면 제가 먼저 대화를 나누어 보겠습니다."

구양환의 눈매가 꿈틀거렸다.

단화린만 해도 자신보다 강하다. 그냥 강한 정도가 아니라 등조립과 선우명이 합세했는데도 이기지 못한 자다.

그럼에도 그는 크게 걱정하지 않았다.

"아기를 찾기 전까지는 나에게 손을 대지 못한다. 걱정 말고 그렇게만 전해."

"알겠습니다, 궁주."

사용화가 밖으로 나가자 구양환의 눈빛이 싸늘하게 가라앉았다.

직접 단화린과 싸워 본 그는 세월이 흐르면서 한 가지 결론을 내렸다.

'단화린. 내 생각이 옳다면 놈이 바로 북천마제다. 그리고 아기는 놈의 아기고.'

믿기 힘든 사실이지만 가능성은 충분했다.

당시에는 단화린이 헌원려려를 대하던 모습을 너무 쉽게 지나쳤다. 그런데 나중에 그 상황을 곱씹어 보니 이상한 점이 많았다.

헌원려려는 북천마제가 사랑하는 여인.

그런데 단화린은 마치 자신의 여인처럼 대하고 있었다.

멍청하게도 그 당시에는 그를 장추람으로 생각해서 그 점을 놓쳤다.

게다가 등조립과 자신, 선우명의 합공을 버텨 낼 수 있는 자가 천하에 몇이나 될 것인가?

천하에 알려지지 않은 기인이사가 아무리 많다 해도 다섯을 넘지 않았다.

그리고 그중 장성 너머의 북천에서 꼽으라면 한 사람밖에 없었다.

북천마제 북궁천!

'영 아우가 그를 장추람으로 단정하지만 않았어도 눈치챘을 텐데……'

아직 다른 사람에게는 자신의 생각을 말하지 않았다.

아기를 인질로 삼아서 북천마제를 이용하겠다고 하면 분명 반대하는 사람들이 있을 테니까.

'놈을 최대한 이용하면 상황을 반전시킬 수 있다. 철저히 이용해야 돼.'

＊　　　＊　　　＊

"저들이 바라는 바를 철저히 이용해야 피해를 줄일 수 있습니다."

유원당은 말을 하며 탁자 위의 지도를 지휘봉으로 가리켰다.

방 안에 모인 열두 명의 눈이 지도를 향했다.

"벽운당은 이곳으로, 정검단은 이곳을, 그리고 백검단은 이곳을 이용해서 삼면으로 공격하십시오. 그러면 그들은 우리를 최대한 멀리 끌어내리려고 할 겁니다. 그럼 적당히 따라가는 척하다가 후퇴하십시오."

공격의 한 축을 담당한 선우원이 눈살을 찌푸렸다.

나이 쉰하나인 그는 선우명의 바로 아래 동생으로 벽운당을 맡고 있었다.

"군사, 이길 수 있는 싸움이라면 그 자리에서 끝장내는 게 낫지 않겠소?"

"이길 수 있는 싸움이라면 당연히 그래야겠지요. 하나 끝장내기가 쉽지 않을 겁니다."

"싸워 보지도 않고 그걸 어떻게 안단 말이오?"

"맞서 싸운다면 고민할 것도 없습니다. 문제는 저들이 맞서 싸우지 않고 물러설 것이 분명하다는 점입니다."

이번에는 정검단을 책임진 남궁원이 나섰다.

"그럼 퇴로까지 막으면 어떻겠소?"

"물러서려고 작정한 자들이 퇴로를 준비해 놓지 않을 리가 없지요. 아마 퇴로를 막으려 하면 막기 전에 미리 후퇴할 겁니다. 그럼 싸워서 저들에게 피해를 입힐 틈도 없게 될 겁니다."

계속 반론이 나오자 백리진이 말을 끊었다.

"일단 군사의 이야기를 더 들어 봅시다."

그가 이번 싸움의 총지휘를 맡기로 한 터였다.

유원당은 백리진을 향해 고개를 숙여 보이고 마저 말을 이었다.

"후퇴하다 보면 저들이 다시 발길을 돌릴 겁니다. 그럼 안으로 끌어들인 뒤에 다시 공격하십시오. 기회는 두 번 정도.

많으면 세 번까지 있을 겁니다. 그 안에 최대한 피해를 입혀야 합니다. 마음에 들지 않더라도 우리 측 피해를 최대한 줄이고 저들의 술수에 말려들지 않기 위함이니 따라 주시기 바랍니다."

"만약 저들이 예상치 못한 반응을 보이면 어떡해야 하오?"

"예상치 못한 반응을 보일 유형은 두 가지가 있습니다. 하나는 정면 격돌. 하나는 물러선 후 되돌아오지 않는 것. 하지만 둘 다 걱정할 것 없습니다. 정면 격돌을 택하면 힘으로 밀어붙이면 될 것이고, 물러선 후 되돌아오지 않으면 그냥 물러서면 됩니다."

한쪽에서 조용히 듣고만 있던 위효릉이 시큰둥한 어조로 말했다.

"좀 싱겁군."

"저들은 전면전인 공격을 준비하고 있을 겁니다. 그 전에 우리를 흔들어서 밖으로 끌어낸 후 피해를 입히겠다는 속셈처럼 보입니다. 그러니 우리가 말려들지 않으면 급해지는 쪽은 저들입니다."

백리진이 그쯤에서 결론을 지었다.

"인원은 어느 정도 보낼 생각이오?"

"사백 명으로 구성할 생각입니다."

"출동 시간은?"

"유시 초에 출발해 주십시오."

＊　　　＊　　　＊

내향으로 향하던 북궁천은 관도 저만치서 빠르게 다가오는 사람들 중 눈에 익은 자를 발견하고 눈살을 찌푸렸다.

'저자는 검신대 대주라는 사용화?'

이정한과 동호량, 초강도 그를 알아보고 눈빛이 싸늘하게 가라앉았다.

사용화가 명령을 내리는 바람에 검신대가 그들을 공격하지 않았던가 말이다.

잠시 후.

사용화가 다섯 명의 수하와 함께 북궁천 일행 앞에 멈춰섰다.

북궁천도 걸음을 멈추고 사용화를 지그시 노려보았다.

구양환에게 소식이 전해졌을 거라는 것은 짐작하고 있었다. 만남을 주저하지 않을 거라는 것 또한 예상하고 있었다.

그래도 생각보다 빠른 만남이었다.

자신이 유리한 곳에서 기다리지 않고 굳이 사람을 보냈다는 것은 뭔가 숨겨진 뜻이 있다는 말.

일단은 그 뜻을 아는 게 먼저였다.

"구양 궁주가 보내서 왔나?"

북궁천이 대놓고 반말로 묻자 사용화의 눈매가 가늘어졌

다.

그는 자존심이 상했지만 감히 반발하지 못했다.

얼굴이 바윗덩이처럼 굳은 그는 구양환의 말을 전했다.

"그렇소. 궁주께서 오늘 밤 술시 말에 적미진 북쪽에 있는 공자묘에서 그대를 만나고자 하시오."

역시 자신의 예상대로다.

내향에서 만나는 걸 원치 않는다는 것은 남에게 알리지 않겠다는 말이다.

"그럴 필요가 있을까? 나는 석검장에 가서 만났으면 하는데."

"고집을 피우면 그대에게도 좋을 일이 없을 거요."

북궁천의 입매가 슬쩍 비틀어졌다.

"좋을 일이 없다? 그대가 나에게 그런 말을 할 자격이 있는지 모르겠군."

사용화의 수하 중 하나가 눈을 치켜뜨고 앞으로 나서며 버럭 소리쳤다.

"대주께 말을 삼가시오!"

이때라는 듯 냉호가 앞으로 튀어나갔다.

"이제는 별게 다 나서는군."

미끄러지듯이 나아간 그의 손이 등 뒤로 돌아가는가 싶더니 허공이 사선으로 갈라졌다.

쉬아악!

오싹한 느낌에 급히 검을 빼든 검신대원은 전력을 다해서 냉호의 칼을 막았다.

쩡!

"크으읍!"

신음을 흘리며 서너 걸음 뒤로 물러선 검신대원은 창백해진 얼굴을 들어 냉호를 바라보았다.

냉호가 차가운 눈빛으로 검신대원을 노려보며 도를 도집에 집어넣었다.

"다음에는 목이 잘릴 거다. 죽고 싶지 않으면 자리를 봐가면서 나서라."

사용화의 눈빛이 새파랗게 번뜩였다.

"말을 전하러 온 사람에게 너무한다고 생각지 않나?"

냉호의 입가에 조소가 걸렸다.

"다 죽이고 못 들었다고 할 수도 있지. 어디 그렇게 해 볼까?"

기선을 제압당한 사용화는 이를 지그시 악물었다.

검신대원을 공격할 때 막을 수 있는데도 그냥 놔두었다. 상대의 실력을 알아보기 위해서였다.

그런데 검신대원 중에서도 최고의 정예라 할 수 있는 일조 무사가 일초도 감당하기 힘들 정도라는 건 생각도 못 했던 일이다.

그는 주먹을 움켜쥔 손에 힘을 주며 냉랭히 말했다.

"너희들이 그래 봐야 아기만 힘들어질 거다."

순간, 북궁천이 서릿발처럼 차가운 눈빛으로 사용화를 직시했다.

"한 번만 더 아기 운운하면 죽는다. 명심해."

"이……."

사용화는 더 참지 못하고 욱해서 한 소리 하려다가 입을 꾹 다물었다.

북궁천의 눈과 마주친 순간, 마치 얼음동굴 속으로 빠져드는 느낌이 든 것이다.

북궁천은 얼어붙은 사용화를 노려보며 입을 거의 열지도 않은 채 나직이 말했다.

"네 주인에게 가서 전해. 술시에 공자묘로 간다고. 알아들었으면 그만 꺼져. 보고 있으면 죽이고 싶어지니까."

사용화는 분노를 억누르고 돌아섰다.

단화린은 예전과 완전히 달라져 있었다. 아기 때문인 듯했다.

그런데 왜 자신의 아기도 아니면서…….

그 때였다.

문득 어떤 생각이 든 그는 어깨를 부르르 떨었다.

'서, 설마 단화린이……?'

그는 고개를 돌려서 확인하고 싶은 것을 가까스로 참았다.

'그럴지도 몰라. 그래서 궁주가 그렇게 신경을 쓰는 것일지도……'

북궁천은 멀어지는 사용화 일행을 보며 우두둑 소리가 나도록 주먹을 움켜쥐었다.

'흥, 구양환. 네 속셈이 뭔지 들어는 주겠다. 하지만 큰 기대는 하지 마라.'

*　　　*　　　*

"뭐야? 단화린이 돌아왔어?"

천종원은 고개를 들고 놀란 표정을 지었다.

잠은각 전령이자 천종원의 조카뻘인 청년은 자신이 아는 바를 그대로 전했다.

"예, 숙부. 그들은 지금 적미진의 객잔에 머물고 있습니다."

"그가 언제 돌아온 거지?"

"오전 무렵에 나타나서 한바탕 휘젓고 나갔습니다. 구양 장로가 입단속을 해서 저희 잠은각도 뒤늦게야 알았습니다."

"구양 장로가 입단속을 해? 왜?"

"각주께서 알아본 바로는 단화린이 서문려려, 아니, 헌원려려의 아기를 찾으러 왔다고 합니다."

천종원의 반응도 천유문과 크게 다르지 않았다.

"무슨 소리야? 헌원려려의 아이라니?"

"왜 영선원에서 주워 온 아기를 하나 키우지 않았습니까? 그런데 알고 보니 그 아기가 바로 헌원려려의 아기라고 합니다."

천종원은 어이가 없었다.

"정말 어이가 없군."

"더 어이없는 것은 그 아이가 어디론가 사라졌다는 것입니다."

"아기가 사라져?"

"예, 숙부. 각주께서는……."

전령의 보고를 들은 천종원은 이마를 잔뜩 찌푸리고 깊은 생각에 빠졌다.

한참 만에 인상을 편 그의 입에서 나직한 말이 흘러나왔다.

"결국 궁주가 아기를 이용하려고 한단 말이군."

"아무래도 그런 것 같습니다, 숙부. 각주께선 궁주님의 움직임을 잘 살펴보라고 하셨습니다."

"알았다. 그 일은 우리가 맡으마."

第五章

대가(代價)

공자묘는 적미진 북쪽 평원과 숲이 맞닿은 곳에 있었다.

어둠이 짙어진 술시 말.

공자묘의 정문으로 십여 명이 다가갔다. 북궁천 일행이었다.

그들이 다가가자, 닫혀 있던 정문이 기다렸다는 듯 활짝 열렸다.

그리고 안에서 사용화와 검신대원 두 사람이 나왔다.

사용화는 전과 달리 딱딱하게 굳은 표정으로 북궁천 일행을 맞이했다.

"들어오시오. 궁주께서 기다리고 계시오."

북궁천은 고개만 슬쩍 끄덕이고 안으로 들어갔다.

사용화가 그의 뒷모습을 보며 차가운 눈빛을 번뜩였다.

그 때 북궁천의 뒤를 따라가던 냉호가 한마디 했다.

"눈깔 조심해, 터질 수 있으니까."

사용화는 자신에게 한 말이라는 걸 알고 눈을 치켜뜨며 냉호를 바라보았다.

그러자 이번에는 장추람이 입을 열었다.

"눈깔 깔고 안내나 잘해."

사용화는 속에서 불길이 일었다. 검신대 대주인 자신이 언제 이런 취급을 받아보았던가.

'이 개자식들이!'

그런데 이번에는 철교신이 무뚝뚝한 어조로 말했다.

"그 성깔, 잘못 부리면 죽어. 죽고 나서 후회하지 마."

사용화는 이를 악물고 몸을 돌렸다.

'두고 보자, 건방진 촌놈들!'

장추람과 냉호, 철교신은 북궁천의 뒤를 따라가며 입술을 비틀었다.

'참을성이 제법인데?'

'참고 기다리면서 물을 기회만 노리는 살모사 같은 작자군.'

'우리 북천에서는 만사 제쳐 놓고 한판 붙고 보는데, 여기 사람들은 안 그러는가 보군.'

달빛이 환하게 비치는 마당에는 공자묘의 역사를 말해 주듯 장정 두 사람이 둘러야 할 정도로 커다란 향나무가 서 있었다.

마당으로 들어선 북궁천은 물어볼 것도 없다는 듯 향나무의 우측으로 방향을 틀었다.

우측의 전각 앞에 호위무사로 보이는 자들이 늘어서 있었다. 전각 주위에는 십여 명이 기척을 숨긴 채 숨어 있었고.

북궁천이 전각 앞에 도착하자, 그사이 바짝 따라온 사용화가 말했다.

"안에는 단 공만 들어가시오."

"누구 맘대로?"

"지금 장난하자는 건가?"

장추람 등이 반발하려 하자 북궁천이 손짓을 해서 반발을 눌렀다.

"여기서 기다려. 쥐새끼들은 아무리 많아 봐야 쥐새끼일 뿐이니까."

그러고는 거침없이 걸음을 옮겨 전각 안으로 들어갔다.

스무 평은 될 법한 전각 안에는 구양환 혼자만 있었다.

북궁천은 서서 기다리는 그와 일 장의 거리를 두고 멈추섰다.

그는 인사도 건네지 않고 단도직입적으로 물었다.

"아기는 어디 있소?"

"안전한 곳에 있지."

"그 안전하다는 곳이 어디요?"

"아기를 데려가고 싶나?"

"내 인내심을 시험해 보고 싶은 거요?"

북궁천은 스멀거리며 피어나는 분노를 억누르고 구양환을 노려보았다.

다행히 구양환은 쓸데없는 말로 시간을 끌지 않았다.

"아기를 데려가려면 조건이 있다."

"아기를 놓고 거래를 하자? 정파를 표방하는 삼성궁의 궁주가 할 일은 아닌 것 같소만."

"알지 모르겠지만, 나는 아기의 병을 고치기 위해서 많은 투자를 했다. 그 보상은 받아야 하지 않겠나?"

아기를 숨긴 걸 생각하면 분노가 치밀었지만, 병을 치료하기 위해 애쓴 것은 북궁천도 인정하지 않을 수 없었다.

"그 점은 고맙게 생각하고 있소. 원한다면 보상을 하겠소. 얼마를 주면 되겠소?"

"내가 원하는 것은 돈이 아니다."

"그럼 뭐요?"

"천사교와의 싸움에서 내가 원하는 작전을 몇 번만 성공시켜 주면 아기를 내주지."

"당신의 꼭두각시가 되어서 천사교와 싸우라? 내가 할 거라 보시오?"

"아기를 생각한다면 해 줄 수도 있는 일 아닌가?"

할 수도 있다. 그러나 자의로 하는 것과 타의로 하는 것은 큰 차이가 있다.

더구나 아기를 붙잡아 놓고 인질처럼 이용하는 자에게는 끌려가고 싶은 마음이 조금도 없었다.

"아기를 인질로 삼아서 하는 일은, 그게 어떤 일이든 결코 정당화될 수 없소. 당신은 지금 자신이 하는 행동이 창피하지도 않소?"

그 말에 구양환의 미간이 꿈틀거렸다. 하지만 그는 자신의 생각을 굽히지 않았다.

"지나치게 무리한 요구를 하진 않을 거다. 할 것인지 말 것인지 결정해라."

"굳이 그럴 필요 없이 더 간단한 방법을 택할 수도 있소."

무심하게 침잠된 북궁천의 두 눈이 구양환을 직시했다.

무형의 기운이 전각 안을 휘돌며 구양환을 압박했다.

구양환은 북궁천의 내심을 읽고 손에 땀이 찼다. 그러나 흔들리지 않고 북궁천을 몰아붙였다.

"네가 강하다는 것은 나도 인정하는 바다. 하지만 내가 도주하려고 마음먹는다면 나를 단숨에 잡기는 쉽지 않을걸? 설령 운이 좋아서 잡는다 해도 나는 입을 열지 않을 것이다.

그럼 결국 너는 빈손으로 중원을 떠나야 하겠지."

말이 이어지면서 구양환의 입가에 자신만만한 미소가 떠올랐다.

북궁천은 그런 구양환을 보고 이를 갈았다.

하지만 구양환의 말이 옳다는 걸 알기에 손을 쓸 수도 없었다.

"생각보다 더 비열하군."

"강호의 운명이 걸려 있는 일이다. 나 하나 너에게 욕을 먹고 천사교를 물리칠 수 있다면 얼마든지 욕먹을 각오가 되어 있다."

모르는 사람이 들으면 자신을 희생해서 강호를 구하려는 살신성인의 의협지사처럼 느껴지는 말이었다.

하지만 구양환을 어느 정도 아는 북궁천은 그의 말이 역겹기만 했다.

"아기를 먼저 건네주시오. 그럼 당신이 아기를 위해서 애쓴 걸 생각해 도와줄 수 있는 방법을 찾아보겠소."

"너무 어려운 부탁을 하는군. 분명히 말하지만, 내 요구를 모두 들어주기 전까지는 아기를 먼저 건네줄 수 없다."

"아기의 몸이 괜찮은지 확인 정도는 할 수 있을 것 아니오?"

"아기에 대해선 걱정할 것은 없다. 아기는 건강하고, 안전한 곳에 잘 있으니까."

"나는 아기를 보기 전까지는 움직이지 않을 거요. 아기를 내줄지 안 내줄지도 모르는데, 내가 뭘 믿고 천사교와 싸운단 말이오?"

"이 구양환의 이름을 걸지."

피식, 북궁천의 입가에 조소가 걸렸다.

뒤이어 흘러나오는 그의 말투가 조금 전과 달라졌다.

"아기를 인질로 삼은 순간부터 당신 이름은 이제 한 푼의 값어치도 없어."

구양환의 표정이 일그러졌다.

"말이 심하군."

"말이 심하다? 자신의 가슴에 손을 얹고 생각해 보시지."

냉랭한 북궁천의 말에 구양환은 이를 악물었다.

"나를 너무 막다른 골목으로 몰아넣지 마라, 단화린. 아니…… 북궁천."

"훗!"

북궁천이 싸늘한 냉소를 흘리며 한 발을 내딛었다.

쿵!

지진이라도 난 것처럼 전각 전체가 무너질 듯이 울렸다.

해일처럼 밀려가는 가공할 압력!

대경한 구양환은 황급히 공력을 끌어 올려서 대항했다.

츠츠츠츠.

우뚝 선 그의 몸이 그대로 밀리면서 석판으로 된 바닥에

한 치 깊이의 선 두 줄기가 두 자가량 파였다.

숨이 턱 막힌 그는 눈빛을 파르르 떨며 이를 악물었다.

'빌어먹을, 정말 엄청나군.'

"내가 누군지 알았으면, 아기를 순순히 넘겨주는 게 좋다는 걸 알 텐데?"

역시 북천마제다!

구양환은 짐작이 사실로 드러나자 가슴이 싸늘히 식었다.

그러나 패를 쥐고 있는 사람은 북궁천이 아니라 자신이었다.

그는 그 점을 철저히 이용해서 거꾸로 북궁천을 몰아붙였다.

"네가 고집을 피우면 너도, 아기도 무사하지 못할 것이다. 칼은 네가 아니라 내가 쥐고 있다는 걸 명심해라."

"진아를 찾는 게 절실하긴 하지만, 절대적인 것은 아니라는 걸 모르는군. 아기야 앞으로도 얼마든지 낳을 수 있거든? 북천의 주인이 아기 하나 때문에 고개를 숙일 거라 생각한다면 큰 착각이야."

구양환의 입꼬리가 한쪽으로 올라갔다.

"과연 그럴까? 아이들을 몇 키워 본 사람들은 잘 알지. 자식은 자신의 손가락과 같아서, 아무리 많다 해도 하나를 쉽게 포기하지 못한다는 걸 말이야."

확실히 아비로서는 그가 선배이며 고수였다.

억지로 상관없다는 듯 말은 하지만, 그 말을 할 때마다 북궁천은 속이 찢어지는 기분이었다.

그렇다고 여기서 물러서면 꼼짝없이 그의 손에 끌려갈 수밖에 없다.

"내가 왜 마제라 불리는지 잘 생각해 보시지."

구양환도 그 생각을 안 해 본 것은 아니다.

북천을 혈해로 만들고 권력을 거머쥔 자다. 사고방식이 자신과 같지 않을 수 있었다.

하지만 헌원려려를 찾겠다고 만 리를 달려온 자가 아닌가?

그는 여유를 찾고 담담한 표정으로 요구 조건을 말했다.

"내가 원하는 일 다섯 가지만 처리해 주면 아기를 내주지. 아기를 위해서 그 정도 일은 해 줄 수 있지 않을까?"

"난 아기를 두고 거래하고 싶지 않아. 하지만 당신의 제안은 한번 생각해 보지. 천사교 놈들은 나도 싫으니까."

"시간이 많지 않다. 내일 이 시간까지 확답을 주지 않으면 조건이 달라질 수도 있다는 점을 명심해라."

북궁천은 살심을 억누르고 몸을 돌렸다. 더 있으면 정말로 구양환을 죽이려 할지도 몰랐다.

그런데 구양환이 그의 등 뒤에 대고 말했다.

"다른 사람에게는 너와 나의 계약에 대해서 말하지 마라. 내 허락 없이 입을 열면 조건이 더 붙게 될 테니까."

북궁천은 소리 없이 냉소를 지으며 걸음을 옮겼다.

'네 뜻대로 되지만은 않을 거다, 구양환.'

구양환은 자신 앞에서 등을 보이며 나가는 북궁천을 뚫어지게 노려보았다.

아들을 망친 오만한 놈이 눈앞에 있다.

지금 공격하면 성공할 수 있을까?

땀이 찬 손을 거머쥔 그의 눈빛이 갈등으로 흔들렸다.

그러나 북궁천이 방문을 열 때까지 그는 꼼짝도 하지 못했다.

실패하면 북천마제마저 적으로 삼아야 한다.

분노가 폭발한 북천마제라면 정말 아기를 포기할 지도 모른다.

그리고 무엇보다 성공할 자신이 없었다.

'모험을 하는 것보다는 이용해 먹는 게 더 나아.'

단화린, 아니, 북궁천이 임무를 완수하면 삼성궁의 공이 된다. 잘하면 비룡가에 넘겨준 주도권을 되찾을 수도 있다.

그로선 일석이조였다.

'어떻게 지켜 온 자린데……'

덜컹.

문을 열고 밖으로 나가자 검신대와 수룡위사대 십칠팔 명이 장추람 등과 대치하고 있었다.

진기로 소리를 차단한 터라 밖에 있던 자들은 안에서 들리는 소리를 듣지 못한 상황.

장추람 등은 궁금한 눈으로 북궁천을 바라보았다.

하지만 북궁천은 이런저런 설명을 해 줄 마음의 여유가 없었다.

분노를 삭이며 성큼성큼 걸음을 옮기는 그의 입에서 짧고 강렬한 한마디가 터져 나왔다.

"비켜!"

마치 번개를 동반한 폭풍우가 밀려오는 느낌.

검신대와 수룡위사대는 자신도 모르게 뒤로 물러나며 길을 터주었다.

그 때 걸음을 옮기던 북궁천이 멈칫하며 사용화를 바라보았다.

정확히는 그의 손에 들린 검을.

"한 치 다섯 푼. 폭이 좁은 검을 좋아하는 사람은 흔치 않은데, 취향이 독특하군."

사용화의 눈빛이 순간적으로 흔들렸다.

북궁천은 석상처럼 굳은 사용화를 무심한 눈으로 응시하고는 나직이 말하며 다시 걸음을 옮겼다.

"조심해. 한 번만 더 허튼짓하다 걸리면 앞뒤 가리지 않고 목을 잘라 버릴 테니까."

＊　　　＊　　　＊

적미진으로 들어간 북궁천은 객잔을 찾아보았다.

어차피 당장 해결될 문제가 아니었다.

조급하게 서두르면 구양환의 콧대만 높아질 터. 속이 타더라도 최대한 느긋함을 보여야 했다.

다행히 길목 입구에 작은 객잔이 있었다.

식사도 할 겸 객잔으로 들어간 그들은 탁자 두 개를 차지하고 앉았다.

그가 객잔까지 오는 동안 아무 말도 하지 않자, 이정한이 자리에 앉자마자 초조한 표정으로 물었다.

"어떻게 됐습니까, 대형?"

북궁천은 점소이가 갖다 놓고 간 엽차를 벌컥벌컥 마시고는 이를 가는 표정으로 대답했다.

"구양환이 조건을 내걸었다."

"예? 정말 비열한 자군요. 아기를 인질로 조건을 걸다니!"

장추람이 분기탱천해서 한 소리 했다.

냉호도 두 눈에서 서릿발 같은 한광을 번뜩였다.

"무슨 조건입니까?"

"천사교를 상대로 다섯 가지 일을 처리해 주면 아기를 내주겠다는군."

"결국 자신들을 대신해서 싸워 달라는 말이군요."

"맞아. 실컷 이용해 먹겠다는 거지."

북궁천의 말투에서 한기가 풀풀 날리자, 이정한이 조심스럽게 물었다.

"대형께서는 뭐라고 대답하셨습니까?"

"아기를 포기할 수도 있다고 했지."

모두가 움찔해서 북궁천을 바라보았다.

설마? 하면서도 조금은 불안했다.

마제가 달리 마제겠는가?

"그런데 꿈쩍도 안 하더군. 정말 능구렁이 같은 인간이야."

그제야 진심이 아니라는 걸 알고 사람들의 표정이 풀어졌다.

하지만 아직 안심하기에는 일렀다.

"나는 그자의 요구를 모두 들어줄 생각이 없다."

"하면……?"

"일단 시간을 끌면서 진아를 찾아봐야지."

그 때 나이 어린 점소이가 쭈뼛거리며 다가오더니 눈치를 보며 물었다.

"저, 뭘 드시겠습니까요, 무사님들?"

북궁천이 쓱 고개를 돌리고 말했다.

"여기서 자신 있는 요리 열 가지만 가져와라."

열두어 살가량의 점소이 눈이 휘둥그레졌다.

"열 가지나요?"

"그래. 기왕이면 씹는 맛이 있는 걸로."

음식을 상대로라도 분을 풀고 싶었다.

구양환을 잘근잘근 씹듯이 고기라도 씹으면서.

식사를 마치고 방으로 들어간 북궁천은 팔짱을 끼고 잠시 생각하더니 이조량을 바라보았다.

"조량, 가서 천 당주를 데려와라. 사람들 눈에 띄지 않도록 조심하고."

이조량은 아무런 의문도 품지 않고 즉시 자리에서 일어났다.

"예, 대형."

북궁천의 눈이 이번에는 동호량을 향했다.

"호량, 너는 북미진을 뒤져서 초상을 그리는 데 능숙한 사람이 있는지 알아보도록 해라. 먼저 객잔 주인에게 물어봐. 큰 마을이 아니니 객잔 주인이라면 마을 사람들을 대부분 알 거다."

"알겠습니다."

동호량이 밖으로 나가자 북궁천의 눈빛이 차갑게 가라앉았다.

"다른 사람들은 나가서 주위에 감시자가 있는지 살펴봐라. 있으면 보이는 대로 모두 없애 버려. 하나도 남김없이."

"예, 주군."

장추람 등은 오랜만에 마음에 드는 명령을 받았다는 듯 눈빛을 반짝이며 몸을 일으켰다.

*   *   *

검신대 이조 무사 오경은 벽에 등을 기댄 채 저 멀리 있는 객잔을 바라보았다.

비밀 임무라는 건 알고 있었지만 도무지 무슨 일인지 알 수가 없었다. 지금까지 검신대에 몸을 담은 후 처음 있는 일이었다.

더구나 대주인 사용화가 기도 못 펴는 상황이니 그로선 어디다 물어볼 수도 없었다.

'제길, 나도 모르겠다. 맡은 임무나 수행하면 되지, 뭐.'

그 때였다. 갑자기 등골이 오싹했다. 누군가가 등덜미에 얼음을 집어넣은 것처럼.

흠칫한 그는 슬쩍 뒤를 돌아다보았다.

동시에 한 줄기 시퍼런 선이 눈앞에 아른거렸다.

'적!'

대경한 그는 몸을 뒤로 빼려고 했지만 움직일 수가 없었다.

쉬이이익.

목에서 핏줄기 뿜어지는 소리가 잘못 불은 휘파람 소리처

림 들렸다.

'너, 너무 빨라.'

그는 그 생각을 마지막으로 그 자리에 무너져 내렸다.

"저승 가는 길이 외롭지는 않을 거다. 네 동료들도 함께 갈 테니까."

나직이 중얼거리는 냉호의 모습이 어둠 속으로 사라졌다.

장추람 등은 한 시진 동안 적미진 일대를 돌아다니면서 감시자 일곱을 추살했다.

사용화가 감시자에게서 연락이 끊겼다는 걸 알았을 때는 적미진에 남겨 놓은 검신대 무사들이 모두 죽은 후였다.

"빌어먹을 놈! 아들이 어떻게 돼도 상관없다는 건가?"

"어떻게 할까요, 대주?"

이를 갈던 사용화는 고개를 저었다.

사람들을 보내 봐야 희생자만 늘어날 터. 그가 할 수 있는 일은 아무것도 없었다.

"놈들을 그냥 놔둬라. 어차피 내일이면 결판날 테니까."

＊　　　＊　　　＊

이조량이 백 리 길을 달려가서 천광호를 데려온 것은 축시 무렵이었다.

북궁천은 감시자를 제거하고 돌아온 장추람 등과 함께 방 안에서 그를 맞이했다.

서로 얼굴을 알아 두는 게 나을 거라는 생각 때문이었다.

그 자리에는 북풍사객만 없었는데, 그들은 아직도 먹잇감을 찾아서 적미진을 돌아다니고 있었다.

방 안으로 들어서던 천광호는 여러 사람이 앉아 있는 걸 보고 멈칫하더니, 북궁천을 향해 씩 웃으며 인사를 건넸다.

"잘 있었나?"

이마가 땀으로 번들거리고 있었다. 그런데도 웃는 걸 보니 한밤중의 호출에 기분이 상하진 않은 듯했다.

그럴 거라 생각하고 데려오라 한 것이긴 하지만.

"밤늦게 불러서 죄송합니다. 앉으시죠."

"별말을. 자네가 돌아왔다는데, 마누라하고 그 짓을 하던 중이라 해도 멈추고 달려와야지. 하하하."

천광호는 너스레를 떨며 웃고는 자리에 털썩 앉았다.

"고맙습니다. 사실 천 당주님을 부른 것은 부탁할 게 있어서입니다."

"부탁? 어이구, 이거 잘못 온 것 같은데? 나는 또 전에 약속한 술이라도 마시자는 줄 알았지."

천광호는 불안하다는 듯 과장된 몸짓을 하면서도 눈빛을 반짝였다.

쓴웃음을 지은 북궁천이 고개를 돌려 초강에게 말했다.

"초강, 주인을 깨워서 술과 간단한 안주를 준비해 달라고 해라. 값을 배로 쳐준다고 해."

"예, 대형."

초강이 벌떡 일어나서 밖으로 나갔다. 주인이 일어나지 않으면 멱살을 잡아서 주방으로 끌고 갈 것 같은 표정이었다.

북궁천은 그제야 천광호에게 자신이 부른 목적을 말했다.

"당주, 수룡위사대주 능상악을 아시죠?"

"능상악? 글쎄? 보기야 몇 번 봤는데, 잘 안다고 하기는 뭐하군. 그런데 그 인간은 왜?"

"찾아서 물어볼 것이 있습니다. 혹시 어디에 있는지 아십니까?"

천광호가 고개를 갸웃거렸다.

"그러고 보니 안 보인 지 꽤 되는군. 어디 갔지?"

"몇 번 봤다면 그자의 얼굴을 잘 아시겠군요?"

"얼굴이야 당연히 알지."

수룡위사대원에 대해서 잘 아는 사람은 많지 않았다. 그러나 천광호는 당주인 데다 비룡가의 사람. 모르지 않을 거라 생각했다.

그런데 역시나 생각했던 대로다.

"능상악의 초상을 최대한 세밀하게 그려야 하니 좀 도와주십시오."

"초상을? 그 인간이 사고라도 쳤나?"

북궁천은 그에게 아기에 대한 이야기를 간단하게 설명했다.

"……그런데 그자가 아기를 미정의 장소로 옮겼다고 합니다. 아직 돌아오지 않은 걸 보니 장소를 아는 사람은 그자와 궁주밖에 없는 것 같습니다."

열혈남아 천광호의 눈초리가 역팔자로 솟구쳤다.

"뭐? 궁주가 아기를 인질로 삼았다고?"

"그렇습니다."

"그 인간, 미친 거 아냐? 아니면 제정신으로 어떻게 그런 생각을 해?"

"상황이 안 좋아지니까 수단 방법을 가릴 여유가 없는가 봅니다."

"염병할! 삼성궁 얼굴에 똥칠은 그들 부자가 다 하는군."

한쪽에서 묵묵히 듣고만 있던 장추람 등은 별 볼 일 없어 보이는 자가 주군에게 함부로 말하는 게 못마땅했다.

그런데 천광호의 거친 말투를 듣다 보니 마음이 풀어졌다.

'사람 한번 시원시원하군.'

'주군의 정체를 알아도 바뀌지 않겠는데? 한번 시험해 봐?'

'중원에도 저렇게 화끈한 사람이 있긴 있군. 살모사 같은 자하고는 다른데?'

북궁천은 천광호가 열 받아 있는 사이 확실하게 못을 박았다.

"그럼 도와주시는 걸로 알겠습니다."

"알았네. 내 그 인간의 얼굴에 박힌 점의 개수까지 최대한 기억해 보겠네."

북궁천은 고개를 돌려 동호량을 바라보았다.

"호량, 화공을 데려와라."

"예, 대형."

동호량은 객잔 주인에게 물어서 가난뱅이 화공 한 사람을 알아 둔 터였다.

그가 밖으로 나가자 북궁천이 천광호에게 주의를 주었다.

"당주, 제 말이 있기 전에는 지금 저와 나눈 이야기를 누구에게도 해선 안 됩니다. 당주를 이 밤에 부른 것도 저들이 알아선 안 되기 때문이니까요."

"걱정 말게. 꿈에서 아무리 예쁜 여자가 알몸을 던지면서 물어봐도 대답하지 않을 테니까. 흐흐흐."

북궁천은 피식 웃고는 화제를 돌렸다.

"현 상황은 어떻습니까?"

천광호의 이마에 굵은 주름이 파였다.

"솔직히 말해서 그리 좋은 상황은 아니네. 상황을 변화를 주기 위해서 며칠 전 우여곡절 끝에 선유원의 유 원주를 총군사로 임명했는데 어떻게 될지 모르겠군."

북궁천의 눈이 커졌다.

"유 원주께서 총군사가 되셨습니까?"

"그렇다네. 그런데 암중으로 그를 못마땅하게 생각하는 사람들이 많아서 작전을 지휘하기가 쉽지 않은가 보더군. 오늘 아침만 해도 사백 명으로 이루어진 무사대를 파견하는데 무슨 말들이 그리 많은지 원…… 총군사가 까라면 깔 것이지 말이야."

유원당이 총군사가 되었다는 말에 북궁천의 표정이 조금 펴졌다.

만에 하나 천사교와 싸워야 할 상황이 되어도 유원당이 총군사라면 그나마 나았다.

'기회를 봐서 유 원주를 만나 봐야겠군.'

그 때 천광호가 눈치를 보며 물었다.

"헌원 소저는 괜찮나?"

"기운만 회복하면 별 이상은 없을 것 같습니다."

"휴우, 정말 다행이군."

천광호도 상남에서 벌어진 일에 대해 들었다.

그 이야기를 듣고 분기탱천해서 구양환을 찾아갈 뻔했다. 그랬으면 이 자리에 오지도 못할 신세가 되었을지 모르지만.

"백리 대협과 임 대협도 내향에 계십니까?"

천광호가 쓴웃음을 지으며 고개를 끄덕였다.

"계시네. 그런데 그분들은 이제 본 궁의 봉공이 아니네. 그날 이후 삼성궁에서 나오셨지. 지금은 백검문 사람들과 함께 강호에서 몰려든 무사들을 이끌고 계시네. 이번에 출동한 무사대도 백리 대협이 책임자지."

북궁천의 입장에서는 잘된 일이었다.

삼성궁과 마찰이 생겨도 신경 쓸 사람이 그만큼 적어졌단 말이니까.

"황보청과 종리기진은 어떻게 지내고 있습니까?"

"그들은 총군사를 보필하고 있네."

그들이 유원당을 보필하고 있다면 유원당과의 대화 통로가 뚫려 있다는 말.

그나마 최악의 상황은 아니었다.

"당주, 저도 최악의 상황이 생기는 건 바라지 않습니다만, 설령 그런 일이 생겨도 당주께선 그 일에 끼어들지 않았으면 합니다."

"나는 자네가 궁주와 싸우더라도 상관치 않을 거네. 단, 기룡이만큼은 잘못이 있어도 한 번만 봐주게. 그나마 내가 희망을 걸고 있는 유일한 놈이거든."

"걱정 마십시오. 저도 그 친구는 괜찮게 봤으니까요."

잠시 후. 동호량이 꾀죄죄하게 생긴 서생 차림의 화공을 하나 데리고 왔다.

바짝 겁에 질린 화공은 달달 떨리는 손으로 먹을 갈고 붓을 들었다.

붓끝이 달달 떨렸다.

아무래도 현 상태로는 제대로 된 그림이 나올 것 같지 않다.

"초상을 그릴 때 어디를 제일 중점적으로 따져서 그리시오?"

북궁천이 화공에게 갑자기 물었다.

화공은 그림에 대한 이야기가 나오자 눈을 반짝이며 대답했다.

"그, 그야 눈입죠. 눈만 제대로 그려도 반은 그려진 것입죠."

"흠, 그렇군요. 그럼 그다음에는 무엇을 중요시하오?"

"입과 턱선, 그리고 큰 점 같은 특징적인 곳을 중요시합죠."

두어 가지 묻는 사이 화공의 손이 떨림을 멈췄다.

"그럼 이제 저분이 이야기하는 사람을 그려 보시오. 마음에 들면 보수를 두 배로 주겠소."

"예? 아, 알겠습니다요."

화공은 보수를 두 배로 준다고 하자 힘이 났다.

반 시진 후.

스무 장의 종이를 허비해 가며 그림 하나가 완성되었다.

화공이 붓을 내려놓고 이마의 땀을 닦자, 천광호가 꺼칠꺼

칠한 턱수염을 쓰다듬으며 만족한 표정으로 고개를 끄덕였다.

"정말 똑같이 그렸군. 아주 완벽해."

북궁천은 화공에게 똑같은 그림을 석 장 그리게 했다. 그리고 그림을 다 그린 화공에게 은자 열 냥을 줘서 내보냈다.

누구에게도 오늘 일을 발설하면 안 된다는 걸 두 번, 세 번 상기시킨 후.

화공은 덜덜 떨리는 손으로 은자를 꽉 움켜쥐고 상기된 얼굴로 방을 나갔다.

북궁천은 석 장의 초상을 작게 접어서 이조량에게 건네주었다.

"남양의 암평도국을 찾아가서 그곳 주인인 왕두평이란 자를 만나라. 그에게 내가 보냈다고 말하고, 삼성궁에서 동쪽, 동남쪽, 동북쪽으로 이백 리 이내를 샅샅이 뒤져 이 그림에 있는 자를 최대한 빨리 찾아내라고 해라."

"예, 대형."

"어디에 있는지만 알면 되니 가까이 접근하지 말라고 해. 아기가 다칠지 모르니까."

"알겠습니다."

"정한, 네가 호량과 초강을 데리고 따라가라."

"예, 대형."

"너희를 믿겠다."

이정한은 북궁천의 그 말에 가슴이 찡하니 울렸다.

지금 무엇보다 중요한 것은 아기다.

대형은 자신들을 믿고 가장 큰 임무를 맡긴 것이다.

"최선을 다해서, 반드시 아기를 찾아내겠습니다, 대형!"

＊　　　＊　　　＊

"빠아아아아아."

"헤헤헤. 진아야, 배고파?"

"빠아아아. 쭈우우우."

"헤헤헤, 조금만 기다려."

청년은 문을 열고 밖을 향해 소리쳤다.

"아줌마, 빨리 와! 진아 배고프대!"

곧 삼십 대로 보이는 여인이 달려왔다.

방으로 들어간 그녀는 아기를 안고 두어 번 흔들어 주더니 코를 찡그렸다.

"오줌 쌌구나, 우리 진아."

"좀 전에 쌌어. 내 옷도 젖었어."

청년이 자신의 가슴을 가리켰다. 청년의 옷이 누렇게 물들어 있었다.

"아이고, 공자님. 그럼 저에게 말씀하셔야죠."

"헤헤헤, 괜찮아. 진아가 싼 건데, 뭐."

"어서 벗으세요. 그대로 놔두면 제가 혼나요."

"괜찮다니까?"

"벗으라니까요."

방 안에서 청년과 여인이 오줌에 젖은 옷을 두고 실랑이를 벌인다.

밖에서 그 모습을 바라보고 있던 중년인은 착잡한 표정으로 고개를 쳐들고 하늘을 올려다보았다.

'차라리 그렇게 사시는 게 나을지도 모르겠소, 대공자.'

풍운의 꿈을 안고 삼성궁에 들어온 지 이십오 년.

이십 년 만에 수룡위사대 대주위에 오른 그는 정파인으로서 한 번도 자부심을 잃지 않았다.

그런데 얼마 전부터 수룡위사대 중 대공자를 호위하는 조원들이 이상한 일을 하고 있다는 소리가 들렸다.

처음에는 젊은 주인을 모시다 보니 그런 것이려니 했다.

그늘에서 살아가다 보면 옳고 그름을 분간 못 할 때도 있을 거라 생각했다.

더구나 수룡위사대는 호위할 대상자와 한 몸처럼 움직여야 하는 만큼 오직 호위 대상자의 명령만 받게 되어 있다.

숨기려 마음먹으면 자신은 알 수조차 없었다.

단순히 핑계일지 모르지만, 그래서 그들이 그토록 참혹한 짓을 저질렀다는 걸 알지 못했다.

그 결과 대공자 구양우경이 저렇게 되었고, 수룡위사대는 와해되다시피 했다.

일이 그렇게 된 것에는 어쨌든 자신의 책임이 컸다.

부끄러워서 얼굴을 들고 다닐 수가 없을 지경이었다.

"후우우우. 이번 일만 끝나면 궁을 떠나야 할 것 같구나."

그 때 방 안에서 구양우경이 투덜거리며 지팡이를 짚고 나왔다.

삼성궁이 보유하고 있던 영약과 검신가의 원로들이 전력을 기울인 덕에 그의 부상은 예상했던 것보다 많이 완화되었다.

하지만 한쪽 무릎은 완전히 부서져서 뼈가 붙긴 했어도 관절이 구부러지지 않아 지팡이가 없으면 걷기 힘들 만큼 심하게 절었다.

정신 상태도 오락가락했고.

"싫어! 아줌마는 진아 젖이나 줘!"

능상악은 쓴웃음을 지으며 구양우경에게 말했다.

"대공자, 옷을 벗어 주고 새 옷으로 갈아입으십시오."

그런데 구양우경이 눈을 부릅뜨고 노한 표정으로 소리쳤다.

"뭐야? 지금 나에게 명령을 내리겠다는 거냐?"

"공자……."

능상악은 갑자기 달라진 구양우경의 목소리에 흠칫했다.

그는 가끔 제정신이 들곤 했는데, 그럴 때는 과격한 행동을 했다.

만약 그런 행동을 한다면 재빨리 수혈을 제압해야 구양우경이 다치지 않았다.

무공을 잃은 데다 다리까지 불구인 그가 예전 생각만 하고 무리한 행동을 할 때가 있는 것이다.

하지만 구양우경은 곧 얼굴을 찡그리더니 어린아이 고집 부리듯이 칭얼댔다.

"정말 싫다니까? 귀찮단 말이야. 능 대주가 아줌마 좀 말려 줘. 나 이 옷 내일 벗을 거야. 어차피 내일도 진아가 내 옷에 오줌 쌀 텐데, 뭐."

능상악은 한숨을 쉬었다.

구양우경은 어제도 그렇게 말했다. 그리고 그 옷을 그대로 입고 있었다. 내일 벗을 것인지는 내일이 되어 봐야 알았다.

그래도 그는 순순히 고개를 끄덕였다.

"알았습니다. 그럼 내일은 꼭 벗어야 합니다?"

"알았어. 그렇게 할게."

구양우경은 활짝 웃더니 절룩거리며 다시 방 안으로 들어갔다.

"아줌마, 능 대주가 허락했어. 이제 진아 젖이나 먹여. 나는 아줌마 젖이나 구경할 테니까."

"공자님!"

"우와! 크다! 한번 만져 보면 안 될까?"

"진아가 젖 먹고 있잖아요."

"이쪽은 안 먹잖아. 진아야, 맛있어? 으으음, 나도 먹고 싶다."

능상악은 고개를 설레설레 저으며 몸을 돌렸다.

'이제 죽만 먹여야 할까 보군.'

진아라는 아기는 몸이 약해서 약이 든 죽과 젖을 번갈아 먹이고 있었다.

그런데 구양우경 때문에라도 젖을 떼야 할 듯했다.

'이 일이 빨리 끝났으면 좋겠군.'

                    *   *   *

밤새 고민하던 천종원은 유원당과 상의해 보기로 했다.

다른 사람도 아닌 단화린이었다.

그는 단화린의 무서움을 누구보다도 잘 알았다.

남들은 단화린의 강함만 걱정하지만, 천종원은 단화린이 지닌 절대경지의 무공보다 구양우경과 선우중을 단숨에 잡아낸 두뇌가 더 두려웠다.

만에 하나 일이 이상하게 흐르기라도 하면 연합 세력은 엄청난 타격을 입을지도 몰랐다.

그런데 다행히도 유원당이 단화린과 친했다.

유원당이라면 최악의 경우가 발생해도 적절하게 상황을 조절할 수 있을 듯했다.

"드릴 말씀이 있습니다, 총군사."

"말씀해 보시오, 천 령주."

"어젯밤 구양 궁주께서 석검장을 나와 어딘가를 다녀오셨습니다."

"궁주께서요?"

"적미진의 공자묘에 다녀오신 것 같습니다."

"적미진까지? 사람들에게 알리지도 않고 말이오?"

"예, 총군사."

"왜 그곳까지 가신 거요? 삼성궁에 가시려 했던 거요?"

"아닙니다. 궁주께선…… 단화린을 만나러 갔습니다."

유원당의 눈이 커졌다.

"지금 단화린이라고 했소?"

"그렇습니다, 총군사."

"계속 말해 보시오. 아는 것 전부."

"아직 별일이 있는 것은 아니니 너무 심각하게 생각하진 마십시오."

"아니오. 매우 심각한 일이오."

"예?"

"그 일에 비하면 상곡진의 승패는 아무것도 아니오. 그러니 아는 것을 하나도 빼놓지 말고 모두 말하시오."

천종원은 유원당이 자신보다도 더 단화린에 대해서 심각하게 생각하자 의아한 마음이 들었다.

하지만 일단 말하기로 작정한 터. 그는 단화린이 아기를 찾아서 삼성궁에 찾아왔으며, 그 일로 적미진의 공자묘에서 구양환을 만났다는 것까지 모두 이야기했다.

유원당은 이야기를 모두 듣고 한참 동안 아무 말도 하지 않았다.

'맙소사, 그녀에게 아기가 있었다니…….'

그렇다면 자신이 생각한 것보다 더욱 심각한 일이 벌어질 수도 있었다.

앞만 뚫어지게 노려보는 그를 보고 천종원은 숨도 제대로 쉬지 못했다.

자신이 지금까지 알고 있던 유원당과는 또 다른 모습이었다.

'정말 그 깊이의 끝을 알 수가 없는 사람이군.'

유원당이 입을 연 것은 일각 만이었다.

"단화린이 지금 일행과 함께 적미진에 있다고 했소?"

천종원은 그가 입을 연 것이 너무나 반가웠다.

"그렇습니다, 총군사."

"혹시 그를 감시하기 위해서 사람을 보냈소?"

천종원이 씁쓸한 표정으로 말했다.

"잠은각에서 사람을 보냈는데 연락이 끊겼다고 합니다."

어젯밤 북궁천 일행에게 죽은 감시자들 중에 잠은각 무사도 둘이나 섞여 있었다.

"그 친구, 화가 단단히 났군. 즉시 잠은각주에게 연락해서 절대 감시자를 보내지 말라고 하시오. 백이면 백, 모두 죽을 테니까."

"예, 총군사."

"앞으로 단 공자를 상대하는 것은 내가 알아서 하겠소. 그대들이 협조해 준다면 돌아가는 상황을 알려 줄 것이니 판단은 알아서 하시오."

"각주께 그리 말씀드리겠습니다."

第六章

흥정

　남양까지 쉬지 않고 달려간 이조량과 태극문 제자들이 암
평도국에 도착한 것은 그날 오시 무렵이었다.

　도국 안으로 들어간 그들이 안채 쪽 회랑으로 향하자, 험
악한 인상을 뽐내는 장한 둘이 턱을 쳐들고 막아섰다.

　"어이, 무사님들. 놀러 오셨으면 저기서 노시지?"

　"얼굴도 이쁘장한 분이 길을 잃으면 쓰나?"

　장한의 키는 이조량보다 한 뼘 이상 컸다. 얼굴은 곱상하
게 생긴 이조량보다 배는 컸고.

　하지만 이조량도 전과 많이 달라져 있었다.

　상황에 따라 처신하는 방법을 이제는 아는 것이다.

"당신 대장 어딨지?"

"누구?"

"왕 회주 말이야. 급한 일로 왔으니까 안내해."

장한은 이조량을 쓰윽 훑어보더니 음침한 미소를 지었다.

"흐흐흐. 회주님을 만나려면 일단 몸수색부터 해야 하거든? 어디 옷을 전부 벗어 봐라. 얼굴이 곱상한 걸 보니 물건이나 제대로 달렸는지 모르겠군."

그 때였다.

퍽!

초강의 발이 발목까지 복부에 박혔다.

입을 쩍 벌린 장한의 허리가 절로 숙여지자, 초강이 목을 움켜쥐었다.

"목뼈 부러져서 한동안 굶고 싶으면 얼마든지 말해. 확실하게 부러뜨려 줄 테니까."

"끄으으으."

장한의 얼굴이 시뻘게지자 주위에 있던 자들이 이조량과 태극문 제자들을 에워쌌다.

"그 손 놓고 물러서라!"

"씨발놈이 죽으려고 작정했나? 여기가 어디라고······?"

초강은 눈 하나 깜짝하지 않고 장한의 목을 쥔 손에 힘을 주었다.

손가락이 한 마디 이상 목을 파고들었다.

"끄으으으, 커컥!"

다가가던 장한들이 멈칫했다.

그 때 이조량이 뒷짐을 진 채 여유 있는 표정으로 차갑게 말했다.

"가서 왕 회주에게 내 말이나 전해. 단씨 성을 쓰는 공자의 말씀을 전하기 위해 사람들이 왔다고. 어서! 늦으면 이놈은 물론이고 너희들도 저승 구경을 하게 될 거다."

찰나였다.

이정한의 우수가 검을 잡아가는가 싶더니 번갯불이 번쩍였다.

동시에 몰래 다가오던 두 장한의 허리띠가 끊어지며 바지가 주르륵 흘러내렸다.

"헉!"

"윽, 이 비겁한 놈아……."

"비겁? 좋아, 다음에는 조금 더 안쪽을 잘라 주지."

흘러내린 바지를 움켜쥔 장한들은 화들짝 놀라서 뒤로 물러섰다.

도국의 경비 책임자인 임찬화는 이조량의 입에서 '단씨 성을 쓰는 공자'라는 말이 나오자, 바로 옆에 있는 수하에게 다급히 말했다.

"빨리 회주님께 달려가서 들은 대로 말씀드려라."

그러고는 수하가 안으로 달려가자 이조량 등을 향해 다가

갔다.

"그 친구의 목은 놓고 이야기하는 게 어떻겠소?"

왕두평은 수하의 보고를 받고 자리에서 벌떡 일어났다.

"분명 단씨 성을 쓰는 공자라고 했느냐?"

"예, 회주."

왕두평은 황제라도 찾아온 것처럼 부리나케 방을 나섰다.

그의 거처는 암평도국의 뒷문과 이어져 있었다.

뛰듯이 암평도국으로 건너간 그는 임찬화가 네 명의 청년을 안채의 방으로 안내해 놓은 걸 알고 안도의 한숨을 쉬었다.

'휴우, 큰일 날 뻔했군.'

숨을 고르고 방 안으로 들어간 그는 이조량 등을 보는 순간 범상치 않은 고수임을 눈치챘다.

'미친놈들이 죽으려고 환장했군. 저런 고수들에게 대들다니. 아무래도 교육을 다시 시켜야겠어.'

그나마 싸움이 벌어지지 않은 것을 다행으로 여긴 그는 이조량 등을 향해 포권을 취했다.

"내가 왕두평이오. 단 공자님의 심부름을 오셨다고?"

이조량이 마주 포권을 취하며 답했다.

"예, 회주. 대형께서 회주께 부탁 하나 할 것이 있다며 보내셨습니다."

"부탁? 하하하, 어디 말씀해 보시오. 무슨 일인데 이 왕 모를 찾으셨는지 궁금하구려."

잠시 후.

이조량의 이야기를 다 들은 왕두평은 탁자 위에 펼쳐진 초상을 내려다보았다.

"이자를 찾아야 한단 말이지요?"

"그렇습니다. 그것도 최대한 빨리 찾아야 합니다."

왕두평은 조금도 망설이지 않았다.

"찬화, 가서 화공 강 씨를 데려와라."

"예, 회주."

임찬화가 밖으로 나가자 왕두평이 앞으로 할 일을 설명해 주었다.

"일단 이 초상을 이십여 장 더 그릴 거요. 그리고 본 회에서 믿을 만한 사람들에게 준 후 수색을 시작할 거요. 수색 범위가 넓긴 하지만 아주 오래 걸리지는 않을 거외다."

이조량과 태극문 제자들은 마음이 놓였다.

암평도국을 찾아오면서 왕두평이 생각했던 것보다 더 거물이라는 것을 알게 되었다.

과연 그가 자신들의 말을 순순히 들어줄까?

그런 생각에 조금은 걱정되었다.

그런데 마치 기다리고 있었다는 듯 일사천리로 일을 진행

시키는 것을 보니 공연한 걱정을 했나 보다.

"고맙습니다, 회주. 회주께서 그자를 찾아낸다면 대형께서도 그에 대한 보답을 하실 겁니다."

"하하하, 보답은 무슨! 이 왕두평은 단 공자의 명이라면 어떤 일이든 따를 준비가 되어 있소. 뵙거든 그렇게 말씀드려 주시오."

*　　　*　　　*

북궁천은 해시 초가 되자 공자묘로 갔다.

구양환이 먼저 와서 기다리고 있었다.

북궁천 일행이 공자묘로 들어가자 사용화와 검신대가 살기 띤 눈으로 바라보았다.

전날 저녁 동료들을 죽인 자들이 눈앞에 있는 것이다.

장추람과 냉호는 그들의 살기 어린 눈빛을 보고 한마디씩 던졌다.

"이제 좀 남자새끼들답군. 진작 그랬어야지."

"안에서 대화할 동안 우리끼리 한판 붙어 볼까?"

철교신과 북풍사객은 팔짱을 낀 채 싸늘한 눈빛으로 묵묵히 지켜보기만 했고.

북궁천은 그들 사이에 무슨 일이 벌어지든 상관하지 않고 전각 안으로 들어갔다.

의자에 앉아 있던 구양환이 눈살을 찌푸리며 말했다.

"조금 늦었군."

"살다 보면 조금 늦을 때도 있는 거 아닌가?"

구양환은 분노를 꾹 참고 억지로 미소를 지었다.

"좋아, 늦은 거에 대해선 더 따지지 않으마. 그래, 생각해 봤나?"

"생각해 봤지. 그런데 아무리 생각해도 아기를 먼저 봐야겠어."

"아기를 보여 주면 네가 어떻게든 구하려고 할 텐데, 내가 미쳤다고 보여 준단 말이냐?"

"설마 아기를 잃어버린 것은 아니겠지?"

구양환이 피식 웃으며 담담히 말했다.

"비록 삼성궁이 이 모양이 되긴 했지만, 아기 하나 지키지 못할 정도는 아니다."

"그걸 어떻게 믿지?"

"믿지 못하겠다면 더 이야기 나눌 것도 없군."

구양환이 자리에서 일어났다.

자신은 아쉬울 것 없다는 표정.

하지만 북궁천은 그가 속마음까지 태연하지는 못할 거라 생각했다.

"당신이 아기를 인질로 삼는 걸 보니 나도 그러고 싶은 생각이 드는군."

"무슨 말이냐?"

"당신 부인과 딸이 삼성궁에 있더군. 그녀들을 납치해서 아들과 바꾸면 어떨까 생각 중이야."

발끈한 구양환의 눈빛이 새파랗게 번뜩였다.

"남자가 되어서 그따위 비열한 생각을 하다니. 역시 마도 놈들은 어쩔 수 없군."

"와하하하, 구양환, 당신이 그런 말을 하니 웃음을 참을 수가 없군. 나야 원래 마제이니 그럴 수 있다지만, 당신은 뭐지? 아기를 인질로 삼은 주제에 누굴 비열하다고 하는 거냐?"

"흥, 나는 아기의 병을 고치기 위해서 데리고 있었다. 그리고 실제로 아기의 병이 많이 나아졌지. 솔직히 너는 고마워서라도 내 요구를 들어줘야 할 처지다. 본 궁의 약재가 아니었으면 네 아기는 이미 죽었을지도 모르니까. 그러니 네놈이 하려는 짓과는 기본적으로 상황이 다르니라."

북궁천은 그 말을 듣고 마음이 흔들렸다.

하지만 곧 냉정을 되찾았다.

구양환이 진심으로 아기를 위했다면 어찌 인질로 삼아서 조건을 건단 말인가?

"내가 모르는 줄 아느냐? 려려에게 들으니, 구양우경이 병을 고친다며 아기를 억지로 데려갔다더군. 지금 그 일 가지고 생색을 내려나 본데, 사실 그가 데려가지 않았다 해도 아기의 병은 어차피 나았을 거다. 내가 백의곡으로 데려가서 치료했을 테니까. 그러니 헛소리하지 말고 아기를 내놓아라. 그럼 나도 그대의 제안을 심각하게 고려해 보지."

"네가 뭐라 해도 내 마음은 어제와 똑같다. 내 요구를 다섯 가지만 들어주면 아기를 내주마."

북궁천과 구양환의 자존심이 칼만 대면 끊어질 실처럼 팽팽하게 당겨졌다.

전각 안에 들어왔던 파리가 질려서 도망칠 정도였다.

북궁천은 북천명왕공으로 가슴을 식히고 냉랭히 입을 열었다.

"내가 이렇게 참는 것도 당신이 아기의 병을 고치는 데 조금이나마 보탬이 되었기 때문이다. 지금이라도 아기를 순순히 내놓는다면, 나는 그에 대한 보답으로 당신의 요구를 들어줄 준비가 되어 있다, 구양환."

이번에는 구양환의 마음이 흔들렸다.

북궁천이 순순히 약속을 지켜 준다면, 자신 역시 아기를 인질로 삼았다는 비난을 면할 수 있으니 최상의 선택이었다.

문제는, 상대가 북천의 마제라는 점이다.

거짓말을 밥 먹듯이 하는 사악한 마도 놈들의 수괴.

"네가 먼저 나로 하여금 너를 믿게 만들어라. 그러면 생각해 보지."

상황이 조금 진전된 것 같다.

북궁천은 내심 다행으로 생각하면서도 목소리는 전보다 배 이상 싸늘하게 내뱉었다.

"어떻게 그대를 믿게 하란 말이냐?"

"다섯 가지 요구 중 세 가지를 먼저 처리해라. 그럼 아기를 건네주지. 그리고 나머지 두 가지 요구는 그 후에 들어주는 거다. 어떠냐?"

요구 조건의 숫자는 같지만 그래도 전보다 훨씬 나아진 셈이다.

그래도 북궁천은 구양환의 조건을 바로 받아들이지 않았다.

"먼저 둘, 나중에 셋이라면 생각해 볼 수도 있을 것 같은데……"

구양환은 잔뜩 이마를 찡그리고 생각하더니 천천히 고개를 끄덕였다.

"좋아. 그렇게 하자."

"결정은 내일 내리겠어."

구양환이 발끈해서 으르렁거렸다.

"지금 나를 놀리겠다는 거냐? 여기서 결정해라!"

"내일. 나도 생각 좀 해 봐야 하니까."

북궁천은 짧게 대답하고 몸을 돌렸다.

구양환은 죽일 듯이 북궁천의 등을 노려보았다.

'건방진 놈! 네놈이 아무리 그래도 내 손을 벗어나진 못할

거다.'

그 때였다.

북궁천이 전각의 문을 열기 전에 한마디 더 했다.

"만약 아기에게 이상이 있으면, 내가 왜 마제라 불리는지 알게 될 거야."

구양한은 가소롭다는 듯 냉랭히 코웃음 쳤다.

"흥! 그 일은 걱정 마라. 만약 내 요구를 받아들일 것이면 내일 해가 질 때까지 마당의 향나무에 하얀 천을 매달아라."

*　　　*　　　*

북궁천은 다시 객잔으로 돌아갔다.

하루의 시간을 더 벌었다.

그 안에 아기를 찾아낼 수 있을지, 없을지는 아무도 모른다.

그래도 시간을 번 만큼은 이익이었다.

그런데 그가 객잔의 방으로 들어가자 뜻밖의 사람이 앉아 있다가 일어났다.

다름 아닌 고검 임강령이었다.

"어? 임 대협, 언제 오셨습니까?"

"주인도 없는데 내 마음대로 들어와서 미안하군."

"돌아올 거라고 말해 놓지 않았으니 어차피 제 방이라고 할 수도 없지요."

"자네가 다시 올 줄은 생각도 못 했군."

임강령의 말에 북궁천이 쓴웃음을 지었다.

"오지 않을 수가 없었죠."

"유 군사에게 들었네. 어떻게 된 건가?"

북궁천은 그제야 임강령이 어떻게 알고 왔는지 알 것 같았다.

자신이 나타났다는 것을 유원당이 알고 임강령을 보낸 듯했다.

"그게 좀 묘한 일이 생겼습니다."

북궁천은 임강령에게 진아에 대해서 말해 주었다.

구양환은 자신과의 계약에 대해서 말하지 말라고 했지만 개의치 않았다.

임강령만 입을 열지 않으면 그가 어떻게 알 것인가?

설령 알게 된다 해도 아기에게 손을 대지는 못할 것이다.

그의 이야기를 다 들은 임강령은 고개를 설레설레 저었다.

"헌원 소저에게 아기가 있었다니. 군사에게 듣긴 했지만 정말 생각지도 못했던 일이군."

"저도 참 멍청했습니다. 려려가 구양우경을 좋아하지 않으면서도 그의 곁에 머무르려고 할 때 좀 더 깊이 캐 봤어야 하는데."

"그런데 구양 궁주가 아기를 볼모로 조건을 달다니, 마음이 어지간히 급했군."

"그의 마음을 모르는 바는 아닙니다만, 아기를 이용한 행위는 용서할 수 없습니다."

"으으음, 원래 그 정도로 편협한 사람이 아닌데, 어쩌다가 그리되었는지…… 허어, 그거 참……."

임강령이 착잡한 표정으로 한숨을 쉬었다.

북궁천은 그런 임강령에게 의견을 물어보았다.

"임 대협의 솔직한 생각을 듣고 싶습니다. 뭐든 좋으니 말씀해 보시지요."

임강령은 잠시 생각을 가다듬고 입을 열었다.

"구양 궁주가 아기를 순순히 내준다면 도와줄 의향은 있는가?"

"합당한 정도라면 못 할 것도 없지요. 단, 진아를 먼저 내놓아야 합니다."

"그 문제는 구양 궁주도 쉽게 굽히지 않으려 할 거네. 그는 자네를 두렵게 생각하고 있으니까."

"진아를 건네받았다고 하루아침에 마음을 바꿀 제가 아닙니다. 그 점은 확실하게 약속할 수 있습니다. 또한 순순히 아기를 내놓는다면 구양 궁주에게 그 일을 더 이상 따져 묻지 않을 겁니다."

"나도 그 일이 잘 해결되기를 진심으로 바라네. 자네 마음이 그렇다면 내가 한번 말해 보겠네."

"고맙습니다."

"총군사를 만나 보는 게 어떻겠나? 자네가 조건을 들어줄 경우, 구양 궁주의 개별적인 요구를 들어주는 것보다는 군사의 계획 안에서 움직이는 게 나을 것 같은데."

구양환보다는 유원당을 상대하는 게 백번 나았다.

"옳은 말씀입니다. 그렇게 하죠."

"그럼 유 군사에게 그리 말하겠네."

대략적으로 이야기를 정리한 북궁천은 임강령에게 이전의 일을 물어보았다.

"그건 그렇고, 천사교의 간자를 찾아내는 일은 소득이 있습니까?"

"정신없이 지내다 보니 조금 소홀했네. 하지만 의문이 가는 사람에 대해서는 계속 주시했지."

"연합 세력이 저들에게 계속 밀린 것이 그들 때문이라는 생각은 안 해 보셨습니까?"

그 말에 임강령이 이마를 잔뜩 찌푸렸다.

"워낙 교활해서 증거를 찾기가 쉽지 않네. 영향을 미치고 있는 것은 분명한데, 이 상황이 되도록 자신들을 드러내지 않고 있어."

"그들은 아마 최후의 순간이 될 때까지 자신들의 정체를 드러내지 않을 겁니다."

"나 역시 같은 생각이네. 그러니 더 빨리 잡아내야 할 텐데 말이야."

"임 대협이 의심하고 있는 자는 누굽니까?"

*   *   *

진원보에 있던 호연유는 단화린이 나타났다는 보고를 받고 눈을 부릅떴다.

"그놈이 또 나타났다고?"

"헌원려려에게 아기가 있었는데, 그동안 삼성궁 깊숙한 곳에서 몰래 키운 것 같습니다. 헌원려려가 부상을 당해서 정신을 잃는 바람에 모르고 떠났다가 뒤늦게 그녀의 말을 듣고 찾으러 왔다고 합니다."

"헌원려려에게 아기가 있다? 누구의 아기지? 설마…… 북천마제의 아기?"

호연유가 눈빛을 번뜩이며 정확히 짚어 냈다.

혈뇌 사야승도 같은 생각인 듯 천천히 고개를 끄덕였다.

"그런 것 같습니다, 소존."

"아기는 지금 어디 있소?"

"아기가 있는 장소를 아는 사람은 구양환뿐입니다."

"아기를 어딘가로 데려갔다면 데려간 사람이 있을 것 아니오?"

"호교육령도 수룡위사대주 능상악이 데려갔다는 것만 파

악했다고 합니다. 그런데 능상악은 아기를 데려간 후 아직 돌아오지 않았습니다."

"결국 능상악을 찾으면 아기 있는 곳도 찾을 수 있단 말이군."

"아기를 찾으면 단화린을 제어할 수 있을 겁니다."

호연유는 혀로 입술을 핥으며 사악한 눈빛을 번뜩였다.

"바로 그거요. 즉시 사람을 보내서 능상악의 위치를 찾아보시오."

"예, 소존."

"상주에 계신 천사지존께서 진원보에 도착하시면 본격적인 공격이 시작될 것이니, 그 전에 찾을 수 있으면 좋을 텐데 말이야……."

"최대한 빨리 찾아보겠습니다."

＊　　　＊　　　＊

석검장으로 돌아간 구양환이 차를 마시며 생각에 잠겨 있는데 구양영이 들어왔다.

"어떻게 되었습니까, 형님?"

"내일 대답해 준다더군."

"시간을 끌겠다는 뜻이군요."

"흥, 그래 봐야 소용없을 거다. 결국 제 놈의 속만 탈 뿐이지."

"놈은 분명 다른 사람에게 알릴 것입니다. 그래야 형님을 구석으로 몰아서 자신의 뜻을 관철할 수 있을 테니까요."

"그럴지도 모르지. 하지만 그렇게 하면 나도 가만있지 않을 거다."

구양환은 냉랭히 말하고는 구양영을 직시했다.

"상곡진의 싸움은 어떻게 되고 있느냐?"

"백리진이 유원당의 계획에 따라서 저들을 공격했다가 물러서고, 공격했다가 물러서고를 반복하는 상황이라 합니다."

"쯔쯔쯔, 그게 무슨 짓인지 원. 그렇게 해서 언제 놈들을 이긴단 말이냐?"

"그래도 적은 피해로 상당한 적을 추살한 모양입니다."

"잔머리는 제법이다만, 대국을 보는 눈이 없군."

"조금 더 지켜보다가 아니다 싶으면 다시 위 각주를 내세워야겠습니다."

"일단 단화린이 내 요구만 받아들인다면 상황을 급변시킬 수 있다. 그때 가서 바꿔 버리자."

"예, 형님. 그런데 진아라는 아이는 어디에 있는 겁니까?"

구양환의 얼굴에 조소가 떠올랐다.

"후후후, 사람들이 쉽게 예상할 수 없는 곳에 있다. 아마 단화린이란 놈도 아기가 그곳에 있는 줄은 생각도 못 하고 있을 거다."

　　　　＊　　　＊　　　＊

　북궁천은 밤을 이용해서 내향으로 들어갔다.

　유원당은 석검장에서 백여 장 떨어진 작은 장원에 기거했다.

　장원은 비록 작지만 각 세력이 거주하는 곳의 중앙이어서 어떠한 명령을 내리기에는 위치상으로 가장 적당했다.

　또한 연합 세력에게 둘러싸인 데다 오십여 명의 호위가 그를 지키고 있어서 안전에서도 걱정이 없었다.

　그래 봐야 북궁천이 안으로 들어갔는데도 그림자조차 발견하지 못했지만.

　황보청과 종리기진은 유령처럼 눈앞에 나타난 북궁천을 보고 포권을 취했다.

　임강령의 말을 듣고 이제나저제나 하며 기다리던 그들이었다.

　하지만 반가움이 가득한 눈으로 바라보기만 할 뿐, 남의 귀를 의식해서 인사를 건네지는 않았다.

　북궁천도 가볍게 고개를 끄덕이고는, 종리기진이 방문을 열자 안으로 들어갔다.

　유원당은 담담히 웃으며 북궁천을 맞이했다.

　"어서 오게."

"총군사가 되셨다는 말을 들었습니다. 축하합니다. 원주."

"글쎄. 이게 축하받을 일인지 모르겠군. 어깨만 무거워졌는데 말이야."

"어쨌든 나쁜 일은 아니잖습니까?"

"그건 그렇지. 자, 앉게나."

북궁천이 의자에 앉자 종리기진이 찻잔을 놓고 차를 따랐다.

유원당은 일단 차로 입술을 축인 후 말문을 열었다.

"마음이 답답하겠군."

"결국 제가 멍청해서 벌어진 일이죠. 솔직한 마음으로는 한바탕 뒤집어 버리고 싶은데, 그럴 수 없으니 더 화가 납니다."

"구양 궁주도 적이 삼성궁 지척까지 밀려와 있으니 마음이 조급할 거야."

"아무리 그래도 아기를 볼모로 삼는 것은 정파인이 할 일이 아니잖습니까?"

"물론 그렇지."

"그는 일단 두 가지 요구를 들어주면 아기를 건네주겠다고 합니다. 남은 세 가지 요구는 그 후에 들어 달라고 하더군요. 어떻게 하면 좋을지, 유 원주님의 의견을 들어 보고 싶습니다."

유원당은 찻잔을 내려놓고 북궁천을 직시했다.

"대협이 되어야 한다고 했지 아마?"

북궁천의 입가에 쓴웃음이 매달렸다.

"려려가 그걸 원했지요."

"그 마음 아직 버린 것은 아니겠지?"

북궁천은 유원당의 말투에서 수상함을 느끼고 슬쩍 말을 비틀었다.

"이제는 려려도 제 마음을 이해해 주고 있습니다. 앞으로는 대협이라는 말에 얽매이고 싶지 않습니다."

"그래도 대협이라 불리면 그녀가 더욱 좋아할 것 같은데."

그러긴 할 것이다.

하지만 조건 때문에 대협이 되는 것은 마음에 들지 않았다.

"자네가 아기를 구하기 위해서 천사교와 싸우면, 그나마 남아 있던 앙금마저 털어 낼 것처럼 보이네만."

그것도 틀린 말은 아니다.

그런데 기분이 묘했다.

북궁천은 유원당을 직시하고 단도직입적으로 물었다.

"원주께서도 제가 구양환의 조건을 받아들이기를 바라시는 겁니까?"

"솔직히 말하겠네. 구양 궁주는 내가 말을 해도 듣지 않을 사람이네. 그러니 일단은 구양 궁주의 조건을 받아들였으면 싶네. 그럼 내가 책임지고 아들을 무사히 돌려주도록 힘쓰겠네."

북궁천의 눈빛이 무심하게 가라앉았다.

"유 원주께서 그리 말씀하시다니, 실망이 크군요."

"북천궁의 운명이 걸린 큰 싸움에서 패배가 눈앞에 닥쳤는데 마침 큰 힘이 되어 줄 사람이 나타났다고 생각해 보게. 자네라면 어떡하겠나? 내 생각으로는 자네도 나와 다름없는 선택을 했을 것 같네만."

"전에는 그랬을지 몰라도 지금은 안 합니다."

"나 역시 군사가 아니었다면 무조건 반대했을 거네. 하지만 군사가 된 이상은 승리가 최대의 목적이네. 내 사람을 살리고, 강호를 지켜야 하니까. 더구나 나는 북천마제처럼 힘 있는 사람이 아니라네. 욕을 먹고 자네에게 도움을 받을 수만 있다면 열 번이라도 먹겠네."

"정말 그러실 겁니까?"

"아기를 떠나서, 도와준다 생각하고 한 번만 나서 주게. 자네가 사랑하는 여인을 위해서 싸우는 것도 나쁠 것은 없지 않은가?"

북궁천은 입을 꾹 다물고 유원당을 노려보았다.

그 때였다.

유원당이 자리에서 일어나더니 털썩 무릎을 꿇고 허리를 숙였다.

"도와주게, 궁주!"

황보청과 종리기진도 그를 따라서 무릎을 꿇고 머리를 깊숙이 숙였다.

"도와주십시오, 대형!"

"대형!"

북궁천의 눈빛이 흔들렸다.

유원당은 자존심이 강한 사람이다. 남이 하란다고 해서 무릎 꿇을 사람이 아니다. 황제라 해도 마음에 들지 않으면 뻣뻣할 사람이다.

그런 사람이 무릎 꿇고 사정한다.

자신의 안위를 위해서도 아니고, 명예욕 때문도 아니다.

북궁천은 문득 '대협'이라는 말이 떠올랐다.

어쩌면 유원당이야말로 대협이라 불릴 수 있는 사람일지 몰랐다.

'빌어먹을.'

넙죽 받아들이자니 마음에 안 들고, 그렇다고 매몰차게 거절할 수도 없고…….

"후우우우."

한숨을 길게 쉰 그는 유원당을 째려보았다.

"나중에 무슨 일이 생기면 유 원주님을 원망할지도 모릅니다."

유원당은 북궁천이 승낙하기로 했다는 걸 알고 고개를 들었다.

"고맙네."

"그만 일어나십쇼. 제가 꼭 나쁜 놈 같지 않습니까?"

유원당은 몸을 일으키고 미소를 지었다.

"북천 사람들이 자네를 왜 마제라고 부르는지 영문을 모르겠군. 내가 보기에는 의협심을 품고 있는 멋진 사람인데 말이야."

유원당을 째려보는 북궁천의 눈매가 더욱 가늘어졌다.

"낯간지러운 소리 그만하십시오. 그보다, 밖에 계신 분들을 들어오라고 하시지요? 밤에 불러 놓고 너무 오래 세워 두시는 거 아닙니까?"

유원당이 그제야 고개를 돌리고 정중히 말했다.

"모시고 들어오게."

곧 방문이 열리고 사공강후가 관호명과 함께 안으로 들어왔다.

"오랜만이오, 단 형."

"잘 지냈나?"

북궁천도 그 두 사람에 대해선 나쁜 감정이 없었기에 담담한 표정으로 인사를 받았다.

"잘 지냈으면 좋을 텐데, 그러지 못해서 문제요."

"자, 서서 그러지 마시고 앉으시지요."

유원당이 미소를 지으며 의자를 가리켰다.

차를 따르는 사이 잠시 침묵이 흘렀다.

유원당이 직접 차를 따르고 주전자를 내려놓자, 차를 한 모금 마신 관호명이 먼저 입을 열었다.

"나 역시 구양 궁주의 행위가 마음에 안 드네. 아기의 안전에 대해서 본 회도 보증을 서지. 만약 구양 궁주가 약속을 지키지 않으면, 천무회의 이름으로 강호에 모든 사실을 알리고 삼성궁과의 연합에서 손을 떼겠네."

북궁천은 삼성궁이야 어떻게 되든 상관없었다.

그들이 망하든 말든 그들보다 아기가 더 중요했다.

"그보다 다른 약속을 해 주시죠."

"다른 약속? 뭔가?"

"만약 요구한 일을 이행하는 도중에라도 아기가 있는 곳을 알게 되면 찾아내는 일을 도와주십시오."

"그거야 어려울 것 없지. 대신 아기를 찾더라도 도와주겠다는 약속은 지켜야 하네."

"걱정 마십시오. 한번 한 약속은 하늘이 무너져도 지키는 사람이니까."

사공강후가 그 말을 듣고는 북궁천에게 물었다.

"만약 북천마제가 아기를 데리고 곧장 돌아오라고 한다면? 그래도 단 형은 약속을 지키기 위해서 여기에 남을 거요?"

유원당과 황보청, 종리기진이 거의 동시에 슬쩍 북궁천을 쳐다보았다.

과연 뭐라고 대답할까?

그런데 북궁천이 말했다.

"북천마제는 그런 명령을 내리지 않을 거요."

"그걸 단 형이 어찌 단언할 수 있단 말이오?"

"북천마제가 약속을 지킨다고 자신의 입으로 말했으니까."

"예? 언제……?"

"방금."

사공강후는 그 말을 바로 이해하지 못하고 의아한 표정으로 북궁천을 바라보았다.

하지만 관호명은 북궁천의 정체를 눈치채고 눈이 튀어나올 것처럼 커졌다.

"맙소사, 설마 자네가……?"

북궁천은 살짝 고개를 끄덕이고 단호한 어조로 말했다.

"아이에게 이상이 생기면, 중원은 천사교보다 더 독한 싸움꾼들을 상대해야 할 거요."

뒤늦게 사실을 깨달은 사공강후가 벌떡 일어났다.

"그, 그럼 단형이 북천마제 북궁천?"

"그렇소. 나는 단화린이기도 하고, 북궁천이기도 하오. 그러니 미리 알려 주지 않았다고 해서 서운해하진 마시오. 그리고 될 수 있으면 앞으로도 계속 단화린으로 불러 주시오."

서운하진 않았다.

간이 떨어질 것처럼 놀랐을 뿐.

문득 어떤 생각이 떠오른 사공강후가 다급히 말했다.

"구양 궁주도 단 형의 정체를 알면 아기를 돌려주지 않겠소?"

"그는 이미 알고 있소."

"알고도 아기를 돌려주지 않았단 말이오?"

"아니까 돌려주지 않는 거요."

북궁천은 차갑게 말하고 유원당을 턱짓으로 가리켰다.

"유 원주님도 아시면서 나를 이용할 생각만 하고 있지 않소?"

다 똑같아!

그런 불만이 역력하게 느껴지는 말투였다.

유원당은 그 말을 듣고도 미소를 지으며 시선을 돌렸는데, 북궁천은 그 모습이 더 얄미웠다.

'능구렁이를 열두 마리는 잡아먹은 것 같군. 제기랄.'

*　　　*　　　*

적미진으로 돌아간 북궁천은 구양환의 요구 조건을 받아들이기로 했다는 말을 전했다.

"일단 놈의 요구를 들어주면서 아기를 찾아봐야겠다. 아우들이 남양으로 갔으니 곧 소식이 있겠지."

장추람 등은 분노로 속이 부글부글 끓었지만 일단은 아기의 안위가 우선이었다.

"소군께서 다치면 안 되니 어쩔 수 없지요."

냉호도 순순히 장추람의 의견에 동조했다.

"소군을 구할 때까지만이라도 따르는 척하지요."

그런데 철교신이 뜻밖의 말을 했다.

"주모도 소군이 무사해야 주군을 따라서 북천궁으로 가실 것 같은데요?"

평소 말도 없고, 기껏 입을 열어 봐야 엉뚱한 소리나 하던 그가 가장 핵심을 찌른 것이다.

북궁천은 그 말이 솔깃했다.

헌원려려는 북천궁을 싫어했다. 그 마음은 아직도 변하지 않은 듯했다.

그래서 그녀가 다른 곳에서 살자고 하면 그럴 생각마저 있었다. 북천궁의 사대원로야 난리를 치겠지만.

그런데 천사교와 싸워 공을 세우고 아들을 구하면 헌원려려도 마음이 변해서 자신과 함께 북천궁으로 갈지 몰랐다.

"흐음, 려려와 함께 북천궁으로 간단 말이지?"

분노했던 장추람 등도 그 말만큼은 반가웠다.

가릉효는 북궁천이 북천궁으로 돌아오지 않을 가능성이 크다고 했다.

자신들 셋을 함께 보낸 것도 그 때문이다.

정 안 되면 셋이 합공해서라도 북궁천의 뜻을 꺾어야 했다.

이겨도 곤란하고, 져도 곤란하고.

그런데 북궁천과 헌원려려가 순순히 북천궁으로 간다면, 그거야말로 최상의 결과였다.

"하긴 우리 북천궁이 마궁이 아니라는 걸 알리는 기회일 수도 있겠군요."

"주군과 소군이 함께 가시면 사대원로도 반가워할 겁니다."

"그 노인네들, 주군께서 돌아오시면 가만 안 두겠다고 벼르고 있습죠. 하지만 소군과 함께 가면 꿀 먹은 벙어리가 될 겁니다. 하, 하, 하."

결국 북궁천도 불만을 털어 내고 마음의 결정을 확실하게 내렸다.

"좋아, 그럼 일단 저들의 요구를 들어주면서 진아를 찾아보자."

'아기를 우리가 먼저 찾게 되면 구양환의 뒤통수를 시원하게 후려갈겨 버리겠어!'

第七章

내가 누구냐

　백리진이 이끄는 공격대가 상곡진에서 적을 몰아냈다는 연락이 온 것은 이튿날 사시 무렵이었다.

　연합 세력의 피해는 삼십여 명. 적은 일백 이상이 죽었다고 했다.

　대승이라 하기에는 부족하지만 그 정도면 깨끗한 승리였다.

　적은 도주하다가 다시 돌아오기를 두 번 했는데, 세 번째에서는 결국 오십 리 가까이 후퇴해서 돌아오지 않았다고 했다.

　유원당의 예상이 그대로 맞아떨어진 것이다.

그럼에도 각 세력의 수뇌부 중 일부는 미적지근한 그의 공격법을 못마땅하게 생각했다.

유원당이야 그러든 말든 신경도 쓰지 않았지만.

그는 그 일보다도 북궁천의 일에 더 신경이 쓰였다.

북궁천만 도와준다면 적의 허를 찌를 수 있는 것이다.

아기가 잘못되어서 그가 분노하면 내부에서 화산이 폭발하는 상황이 될 것이고.

유시 초.

북궁천은 임표를 시켜서 공자묘의 향나무에 하얀 천을 매달게 했다.

두 시진이나 지났을까?

하얗던 천이 노란색으로 바뀌었다. 노란색 천 안에는 몇 겹으로 접힌 서찰이 하나 들어 있었고, 향나무 밑에 제법 큰 보따리가 놓여 있었다.

노란색 천을 떼어 내 품속에 넣은 임표는 보따리를 들고 북궁천에게 돌아갔다.

"양평에 있는 적을 처리해 달라?"

서찰을 읽어본 북궁천은 이마를 찌푸렸다.

서찰에는 양평의 적에 대해서 간단한 정보만 적혀 있었다.

장소는 곡가장. 숫자 이백. 수장은 마종보의 삼살귀마.

그리고 그들을 처리한 뒤 양평진 근처 해원객잔에서 연락을 기다리라는 말이 끝에 적혀 있었다.

"우리 일행의 능력을 시험해 볼 생각이군요."

장추람이 자신의 생각을 말했다.

북궁천도 그의 생각에 동의했다.

"추람의 말이 맞는 것 같다. 그렇다면 그들 뜻대로 움직여 주자. 우리에 대해서 아주 확실하게 알려 줘야겠어."

그 때 임표가 보따리를 풀었다.

보따리에는 옷이 들어 있었는데, 삼성궁 검신대의 복장이었다.

냉호가 제대로 구양환의 생각을 짚어 냈다.

"검신대 무사로 가장해서 싸워 달라는 뜻인 것 같습니다, 주군."

"여우 같은 작자군. 우리가 적을 물리치면 삼성궁의 전과로 돌리겠다는 것이겠지."

"어떻게 하시겠습니까?"

"준 거니까 입지, 뭐. 차라리 그렇게 하는 것이 우리에게도 편할지 모르니까."

북궁천은 저녁 식사를 마치자마자 객잔을 나섰다.

옷을 갈아입어서 누가 봐도 삼성궁 사람들처럼 보였다.

긴장할 법한데도 누구 하나 긴장한 사람이 없었다.

적의 숫자가 이백이라 했다. 많다면 많았다.

하지만 그들은 북천에서 한창 싸울 때 넷이서 청랑단 삼백을 몰살시킨 적도 있었다.

그때보다 더 강해진 지금은 그보다 더한 적이라 해도 해볼 만했다.

*   *   *

천사교 무리는 양평의 지주인 곡가장에 운집해 있었다.

백 리를 달려온 북궁천 일행은 곡가장을 십 리 남겨 놓고 걸음을 멈췄다.

"천사교와 마종보 놈들이 반반 섞여 있다고 했지?"

"예, 주군. 마종보의 장로인 삼살귀마가 그들을 이끌고 있다 했습니다. 제가 가서 놈들을 살펴보고 올까요?"

장추람이 자청하고 나섰다.

하지만 북궁천은 고개를 저었다.

"그럴 필요 없다. 어차피 달라질 것도 없으니까."

그러고는 곡가장 쪽을 바라보며 냉랭한 어조로 말했다.

"이번 기회에 확실히 알려 줘야겠다. 이 북궁천을 잘못 건드리면 어떤 결과가 나오는지."

천사교 놈들에게만 알려 주려는 것은 아니다. 정파 연합 세력, 특히 구양환에게 경고하려는 것이다.

엉뚱한 생각은 꿈도 꾸지 말라고.

"날이 새면 사냥을 시작한다. 그때까지 쉬도록."

뿌연 새벽안개가 어스름을 밀어내며 밀려드는 시각.

북궁천은 가볍게 소주천을 마치고 자리에서 일어났다.

다른 사람들도 굳은 표정으로 하나둘 일어났다.

"정면으로 칠 겁니까?"

장추람이 물었다.

적에게 절대지경의 고수가 없다 해도 숫자가 이백이나 되었다.

그들과 정면으로 부딪치면 손실을 각오해야 한다.

북궁천이 그런 무리수를 둘까 싶었다.

하지만 북궁천은 처음부터 그럴 생각이었다.

"내가 정면을 칠 거다. 추람과 냉호는 좌측을, 교신과 사객은 우측을 맡아라. 아침 식사는 싸움을 끝내고 먹는다."

간단하게 명령을 내린 그는 망설이지 않고 걸음을 옮겼다.

장추람 등 북천궁 사람들은 오랜만에 다가온 혈전을 앞두고 투지가 끓어올랐다.

중원에서의 첫 싸움.

북천의 칼이 얼마나 사나운지 보여 주리라!

중원에 북풍의 매서움을 확실하게 알려 주리라!

쾅!

곡가장 정문이 산산조각 나며 부서졌다.

그 사이로 북궁천이 들어섰다.

"웬 놈이냐?"

"어떤 미친놈이 새벽부터 난리 치는 거냐?"

장원 내부에서 경비를 서던 천사교와 마종보 무사들이 소리치며 정문으로 달려갔다.

하지만 곧 노성이 처절한 비명으로 바뀌며 경악한 외침이 새벽하늘을 뒤흔들었다.

"으아악!"

"크어억!"

"삼성궁 놈들이다! 적이 쳐들어왔다!"

"놈들을 막아라! 몇 놈 안 된다! 모두 달려들어!"

악다구니가 곡가장에 울려 퍼지면서 방에 있던 자들이 우르르 몰려나왔다.

묵혼을 빼 든 북궁천은 손속에 인정을 남겨 두지 않았다.

그의 검이 허공을 가를 때마다 서너 명이 한꺼번에 쓰러지고, 일장을 내칠 때마다 두어 명이 날아갔다.

좌우를 공격하는 장추람 등도 누가 많이 적을 쓰러뜨리는지 내기라도 하듯 인정사정 두지 않고 무기를 휘둘렀다.

북궁천을 따라서 북천을 휘젓고 다녔던 그들이었다.

북천에 공포를 심어 준 자들.

그들의 공격은 청랑처럼 날카로웠고 살기가 충천했다.

그러나 천사교 교도들은 죽는다는 것을 알면서도 눈 하나 깜짝하지 않고 달려들었다.

북궁천 일행으로선 잘된 일이었다. 그들을 일일이 쫓아다니지 않아도 되었으니까.

하지만 마종보 무사들은 천사교 교도와 달랐다.

그들은 순식간에 수십 명이 쓰러지자 공포에 질린 표정으로 슬금슬금 물러났다.

그 때 안쪽에서 세 사람이 달려 나왔다.

오십 대로 보이는 중노인 셋. 마종보의 장로인 삼살귀마였다.

"이 죽일 놈들이 감히!"

"이놈! 목을 내밀어라! 네놈의 머리를 잘라서 구양환에게 보내 주마!"

그들은 오연히 서 있는 북궁천을 향해 몸을 날리며 노성을 내질렀다.

진아로 인해 마음이 상할 대로 상한 북궁천이었다.

그는 날아드는 삼살귀마를 향해 몸을 날리며 묵혼을 휘둘렀다.

가공할 위세의 검강이 삼살귀마를 뒤덮었다.

쾅!

단발의 굉음이 터져 나오더니 삼살귀마 중 이마 부력산이 튕겨 날아갔다.

북궁천은 거기서 멈추지 않고 대마 고두천을 향해 건곤패력장을 펼쳤다.

고두천의 안색이 해쓱해졌다.

숨이 턱 막힌 그는 전력을 다해서 쌍장을 휘둘렀다.

콰르릉!

"크억!"

눈앞이 노래진 고두천은 비명을 내지르며 정신없이 물러섰다.

그사이 북궁천의 묵혼이 허공을 일직선으로 가르며 떨어졌다.

쩡!

삼마 진패는 사력을 다해서 북궁천의 검세를 막아 냈다.

하지만 묵혼은 진패의 칼과 몸을 연이어 갈라 버렸다.

"크악!"

가슴에서 허리까지 쩍 갈라진 진패는 처절한 비명을 토하면서 무너져 내렸다.

감숙의 살귀인 삼살귀마가 단숨에 꺼꾸러지자, 마종보 무사들은 공포에 질려서 도주하기 시작했다.

"으으으, 저놈들은 사람도 아니야!"

"모두 도망쳐라!"

　　　　　＊　　　　　＊　　　　　＊

　북궁천 일행이 양평 곡가장을 공격하던 그 시각.

　상곡진에 있던 연합 세력 무사들이 오십 리가량 떨어져 있
는 천사교 무리를 공격했다.

　천사교 무리는 계획했던 대로 연합 세력의 공격에 적당히
대응하며 뒤로 물러섰다.

　그들은 지원해 주기로 한 곡가장이 피로 물들었다는 사실
을 알지 못했다.

　그 바람에 삼십 리를 물러나면서 백 명 이상이 죽음을 당
하는 손실을 입었다.

　뒤늦게 서야 지원이 끊겼다는 사실을 깨달은 그들은 정신
없이 도주했다.

　백리진도 이번에는 추격을 멈추지 않았다.

　"놈들을 쫓으시오!"

　연합 세력 무사들은 그동안의 인내에 대한 보상을 받기라
도 하겠다는 듯 전력을 다해서 천사교 무리를 뒤쫓았다.

　상곡진과 곡가장의 상황은 곧바로 유원당에게 전해졌다.

　"놈들을 상곡진 일대에서 완전히 몰아냈다고 합니다. 이제
는 진원보 앞까지 깨끗해졌습니다. 그런데 단화린이 그들 일

행만 데리고 곡가장을 정면으로 공격했다고 합니다. 정말 어이가 없는 사람들입니다."

천종원은 보고를 하며 고개를 설레설레 저었다.

하지만 북궁천의 정체를 아는 유원당은 그다지 놀란 표정이 아니었다.

놀라기는커녕 표정에 약간이나마 여유가 떠올랐다.

"이제야 빛이 보이는군."

"놈들의 반격이 있을 것 같습니다만."

"아무래도 그러겠지. 그 전에 최대한 많은 타격을 줘야 하니 즉시 간부 회의를 소집하시오."

일이 그렇게 진행될 거라 이미 알고 있었다는 듯 유원당은 머뭇거리지 않고 명령을 내렸다.

천종원의 눈빛이 잘게 흔들렸다.

천천히 움직이는 것 같으면서도 항상 한 발 앞서가는 유원당이다.

그로 인해 적은 적지 않은 타격을 입었고, 연합 세력은 한 발 한 발 승리를 위해 나아가고 있다.

그러한데도 사람들은 아직 유원당의 뛰어남을 알지 못하고 있다.

천종원은 조용조용히 명을 내리는 그를 보고 있으면 자신도 모르게 전율이 흘렀다.

천하의 판도가 뒤집히고 있는 상황을 바로 옆에서 지켜본다는 것.

그것은 모사로서 최고의 즐거움이었다.

"알겠습니다, 총군사."

그는 나직이 대답하며 진심을 담아서 예를 취했다.

그 시각.

구양환도 북궁천 일행에 대한 소식을 접하고 흡족해했다.

"대단하군. 아주 대단해!"

그는 감탄 반, 흥분 반의 표정으로 고개를 끄덕였다.

사용화가 굳은 표정으로 좀 더 정확한 상황을 전했다.

"사상자가 백오십 명에 이른다고 합니다. 반면 그들 일행은 죽은 자가 한 명도 없습니다."

"호오, 그래?"

예상했던 것보다 더 강했다.

북궁천뿐만이 아니라 나머지도 모두 대단한 고수들이었다.

구양환은 잠시 생각하더니 차가운 표정으로 물었다.

"유원당이 간부 회의를 소집했다고 했지?"

"예, 궁주. 진원보를 공격할 생각인 것 같습니다."

순간, 구양환의 눈빛 깊은 곳에서 한광이 번뜩였다.

"잘됐군. 놈들을 한 번 더 시험해 보려 했는데, 그럴 것 없이 바로 본론으로 들어가야겠어."

＊　　＊　　＊

　"결국 그놈이 말썽이군."

　호연유는 당장 앞에 있으면 씹어 먹을 것처럼 이를 으드득 갈았다.

　"아기를 우리가 먼저 찾기만 하면 놈을 우리가 거꾸로 이용할 수 있을 겁니다."

　"그렇게만 되면 정말 재미있을 텐데⋯⋯."

　호연유는 혀로 입술을 핥았다.

　"그러고 보면 구양환도 멍청해. 차라리 아기를 곁에 두고 철저히 지키는 게 나을 텐데 말이야."

　"정파란 자들은 남의 눈을 무서워하지요. 그러니 구양환으로선 그렇게 하고 싶어도 할 수가 없었을 겁니다. 타인에게 손가락질 받는 것이 죽는 것만큼이나 싫었을 테니까요."

　"후후후후, 어리석기는⋯⋯."

　조소를 지은 호연유는 턱을 손가락으로 쓸어내렸다.

　"좌우간 상곡진과 양평이 피로 물들었으니 놈들은 이곳을 노릴 것이오. 겹겹이 방어막을 구축하고 놈들의 움직임을 철저히 살펴보도록 하시오."

　혈뇌의 얇은 입술이 비틀어지며 미소가 매달렸다.

　"걱정 마십시오, 소존. 호교령이 있는 한, 놈들의 움직임은 우리 손안에 있습니다."

"단화린은 지금 어디에 있소?"

"양평진에 있다고 합니다."

"놈은 언제 어디서 터질지 모르는 화산 같은 놈이오. 항상 주의해서 살펴보도록 하시오."

"예, 소존."

*　　　*　　　*

첫 번째 요구를 어렵지 않게 마무리 지은 북궁천 일행은 양평진의 해원객잔으로 들어갔다.

다행히 크게 다친 사람은 없었다.

그들은 그곳에서 점심 식사를 하고 쉬면서 연락을 기다렸다.

그렇게 미시 말쯤 되었을 때 사용화가 그곳에 나타났다.

"또 다른 임무가 떨어졌소."

싸움이 끝난 지 얼마나 되었다고 또 임무란 말인가?

"당신 주인이란 자는 우리 몸이 쇠로 된 줄 아나 보군."

장추람이 사용화를 향해 냉랭히 쏘아붙였다.

냉호와 철교신도 싸늘한 눈으로 노려보고.

하지만 하루라도 빨리 진아를 되찾고 싶은 북궁천은 그의 말을 반겼다.

"잘됐군. 그러잖아도 너무 싱겁게 끝나서 힘이 남아도는데 말이야."

"주군……."

"그런 표정 지을 것 없다, 추람."

북궁천은 불만스런 표정으로 쳐다보는 장추람을 향해 손을 젓고 사용화를 직시했다.

"어떤 임무인지 말해 봐."

사용화는 책을 읽듯이 무뚝뚝한 어조로 말했다.

"연합 세력이 진원보를 공격할 거요. 당신들은 연합 세력이 진원보를 공격하면 뒤로 들어가서 적진에 최대한 혼란을 일으키시오. 단, 전세에 영향을 끼칠 정도는 되어야 한 건을 해결한 것으로 인정하신다고 하셨소."

그렇게 어려운 일도 아니라는 투다.

적진에 최대한 혼란을 일으키면 된다니, 얼마나 간단한가?

적진 중앙으로 뛰어 들어가야 한다는 게 문제긴 하지만.

"이번 일이 끝나면 아기를 넘겨줘야 한다는 걸 모르진 않겠지?"

"물론 우리도 잘 알고 있소."

"가서 전해. 만약 아기를 넘겨주지 않으면 내 검이 석검장으로 향할 거라고."

사용화는 장추람 등이 속을 긁기 전에 황급히 떠났다.

그가 간 뒤로도 객잔의 방 안에 한동안 침묵이 감돌았다.

그렇게 얼마나 지났을까.

한참 만에 장추람이 침을 튀겨 가며 투덜댔다.

"아예 진원보에 있는 놈들을 우리보고 다 상대하라고 하지? 미친놈들!"

냉호와 철교신 역시 말도 안 된다는 표정으로 북궁천만 살펴보았다.

사용화는 친절하게도 진원보에 있는 적의 상황을 자세히 말해 주었다.

장원 내의 숫자만 팔백. 절정고수가 수십. 그 이상의 경지에 이른 고수도 네다섯 명은 된다 했다.

곡가장과는 비교 자체가 안 되는 것이다.

여덟 명이 그곳에 들어가서 적을 뒤집어 놓으라니!

미치지 않고서야 그게 말이 되는 소린가 말이다.

그런데 북궁천은 새파랗게 눈빛을 빛내며 미소를 지었다.

"흐음, 오랜만에 투지가 끓어오르는군."

"주군!"

"정말 그들 말대로 하실 겁니까?"

아기를 구하기는커녕 중원에서 뼈를 묻을지 모를 판.

오랜만에 장추람을 비롯한 세 사람은 북궁천에게 큰소리를 쳐 봤다.

하지만 북궁천은 팔짱까지 척 끼고는 위엄 있는 표정으로 말했다.

"내가 누구냐, 추람?"

억만 근의 힘이 실린 나직한 목소리.

한순간에 대기가 짓눌리고 숨이 턱 막힌다.

경련을 일으키듯 어깨를 부르르 떤 장추람이 두 손을 맞잡고 묵직하게 대답했다.

"주군께선 북천의 주인, 마제십니다!"

"맞아. 내가 바로 마제 북궁천이다. 이제 저들도 곧 북천의 마제가 어떤 사람인지 확실하게 알게 될 것이다."

* * *

이튿날.

날이 밝자 내향은 물론 인근에 진을 치고 있던 무사들까지 움직였다.

삼성궁, 천무회, 무림맹, 백검맹, 철군성.

모두 합해 일천오백 명.

그들 외에도 여기저기서 모여든 무사들이 삼백은 되었다.

반면 적은 진원보에 팔백, 그 인근에 오백. 합이 천삼백 정도였다.

누가 봐도 정파 쪽 연합 세력이 유리한 상황.

하지만 그동안 천사교 무리에게 밀렸던 것은 숫자가 적어서가 아니었다. 무공 수준이 떨어져서도 아니고.

　─저들은 죽음을 두려워하지 않고 명령에 철저히
복종한다. 강호의 법도도 따지지 않는다. 아무리 사악
한 짓도 승리를 위해서라면 언제든 할 수 있는 자들이
다. 반면 우리는 저들에 비해서 아무래도 결속력이 떨
어지는 게 사실이다. 게다가 지켜보는 강호인들의 눈
도 생각해야 하는 어려움이 있다.

　유원당은 정파 연합 세력과 천사교의 차이를 그렇게 정의
했다.
　그리고 바로 그 점이 천사교의 무리에게 자신들이 밀리는
이유라 생각했다.
　누구도 그 말에는 이의를 달지 않았다.
　하지만 그것만으로는 이유를 설명하기에 충분하지 않았
다.
　물론 유원당은 그 이유 외에 또 다른 사실을 알고 있었다.
　아직 때가 아니어서 말하지 않고 있을 뿐.
　'하지만 이제부터는 다를 거다.'
　북궁천이 움직이고 있고, 내부의 간자들도 파악된 상태니
까.

정파 연합 세력 무사들이 이동을 시작하던 그 시각.

남양의 암평도국 내실에선 왕두평과 이조량, 태극문 제자들이 머리를 맞댔다.

수색을 시작한 지 이틀.

암경회 사람들이 남양과 방성, 노산을 경계로 해서 안쪽을 뒤지고 있었다.

갈지자로 이백 리 정도 이동한 상태. 삼성궁과의 거리는 오십 리 정도 줄어들었다.

그러나 아직 능상악과 비슷한 자를 봤다는 소식은 없었다.

"그자는 아기를 보호하기 위해서라도 위험한 장소를 피했을 같소."

왕두평의 말에 이조량이 자신의 생각을 말했다.

"그럼 깊은 산중으로는 들어가지 않았다고 봐야겠군요."

"왕 모는 그렇게 생각하고 있소. 사실 깊은 산중이 안전할 것 같아도 때론 평야보다 더 눈에 잘 띄고 위험한 법이오."

동호량이 턱을 검지로 긁으며 말했다.

"그렇다고 해서 사람이 많은 곳에 있진 않을 것 같습니다만."

"아무래도 그렇다고 봐야 할 거요."

"그렇다면 사람이 아주 없지도 않고 많지도 않은 곳을 찾아봐야겠군요."

"당장은 그런 곳을 중점적으로 살펴보고 있소. 하지만 허를 찌를지도 몰라서 몇 명은 큰 마을을 수소문해 보라고 했소."

"포원산장 쪽은 어떻습니까?"

묵묵히 있던 초강이 불쑥 물었다.

"설마 그곳으로 갔겠소?"

왕두평이 설마 하는 표정으로 되물었다.

이정한과 동호량, 이조량도 같은 생각이었다.

포원산장 주인 서문각과 헌원려는 친척 간인데, 설마 아기를 이용하겠다는 자들이 그곳으로 데려갔을까?

그런 생각이었기에 포원산장 쪽은 일단 수색에서 제외한 상태였다.

초강 자신도 자신의 말이 얼마나 터무니없는 말인지 모르진 않았다. 능상악이 허를 찌를지 모른다는 말에 그리 말했을 뿐.

그런데 막상 말해 놓고 보니 왠지 모르게 자꾸 신경이 쓰였다.

"회주님, 두어 사람만 저에게 붙여 주십시오. 제가 한번 포원산장 주위를 돌아보겠습니다."

"붙여 주는 거야 어려울 것 없소. 그런데 정말 포원산장 주위를 수색하려는 거요?"

"알아봐서 나쁠 것은 없을 걸 같습니다. 헌원 소저께서 궁금해하실지 모르니 겸사겸사 포원산장의 사정도 알아보지요."

"알았소. 야무진 아이들로 셋을 붙여 주겠소."

왕두평이 흔쾌히 허락하자 이정한도 몸이 근질거렸다.

"초 사제, 그럼 함께 나서자. 너는 포원산장 쪽을 돌아다녀 봐라. 나와 호량, 조량은 남소에서 노산 사이의 산촌 마을을 돌아볼 테니까."

"예, 사형."

남양을 나선 태극문 제자들과 이조량, 암경회의 무사 셋은 곧장 남소 쪽으로 북상했다.

유시 초, 남소에 도착한 그들은 그곳에서 헤어졌다.

이정한과 동호량, 이조량은 더 북쪽으로 올라가고, 초강과 암경회 무사 셋은 동북쪽으로 꺾어지며 포원산장으로 향했다.

*　　　*　　　*

내향의 연합 세력이 움직였다는 소식은 양평의 북궁천에게도 전해졌다.

양평은 나선 북궁천은 남쪽으로 빙 돌아서 서협으로 향했다.

사오십 리 더 돌아가야 했지만, 적의 눈에 들키지 않고 도착하면 그만큼 유리할 거라는 생각이었다. 어차피 연합 세력이 천사교 무리를 바로 공격하지는 않을 터. 서두를 이유가 없었다.

밤이 늦은 시각.

북궁천 일행은 서협에서 남쪽으로 삼십 리 떨어진 궁산의 계곡에 도착했다.

절벽 사이 바위틈에서 불을 지핀 그들은 객잔에서 사 온 음식으로 간단히 저녁을 해결했다.

"장판도(長板島)에서의 싸움, 기억하지?"

모닥불에 나뭇가지를 던져 넣은 북궁천이 갑자기 물었다.

그 말에 장추람과 냉호, 철교신의 눈에서 섬광이 번뜩였다.

장판도는 육지 속의 섬과 같은 지형이었다. 그 안에 일천 명 가까운 적이 모여 있었다.

사대원로는 공격을 포기했지만 북궁천은 포기하지 않았다.

그는 단 오십 명을 이끌고 가서 그들을 유인했다. 그리고 막다른 협곡으로 들어가서 배수진을 치고 끝장을 보는 싸움을 했다.

그날, 피로 젖은 협곡에는 육백이 넘는 시신이 쌓였다.

북궁천이 벌인 싸움 중 가장 치열하고 무모했던 혈전!

그게 바로 장판도의 싸움이었다.

장추람 등은 그 이야기가 나올 때마다 두 번 다시 그런 싸움을 하고 싶지 않다며 손사래를 쳤다.

그런데 묘했다.

그 일이 벌어진 지 벌써 삼 년.

어두운 밤. 만 리 떨어진 타향에서 그때를 떠올리자 피가 끓었다.

그들은 어쩔 수 없는 싸움꾼들이었다.

"그때는 정말 대단했죠. 몸에 상처가 스물세 곳이나 있다는 것을 싸움이 끝나고도 한참 후에 알았을 정도였으니까 말입니다."

장추람이 부르르 몸을 떨며 말했다.

스물세 곳의 상처 중 세 개는 뼈가 보일 정도였다. 그 사실을 알고 뒤늦게 비명을 삼켜야 했다.

냉호와 철교신도 장추람과 크게 다르지 않았다.

"지옥에서 살아 나온 거 같았죠."

"주군을 원망한 것은 그때가 처음이자 마지막이었습니다."

심지어 북궁천도 온몸이 피로 물들어 있었다. 대부분이 적의 피였지만.

"그때를 생각하면 이번 일도 크게 어려울 것 없어."

북궁천은 나직이 말하고 모닥불을 뒤적였다.

불티가 불길을 타고 하늘로 날아올랐다.

＊　　　＊　　　＊

"정파 놈들이 곡하에 도착했습니다, 소존."

"죽을 자리인지도 모르고 오는군. 하긴 자존심 때문에라도 더 참기가 힘들었겠지."

호연유가 붉은 입술을 비틀며 조소를 지었다.

동마신 여립이 냉랭히 말했다.

"양평과 상곡진의 일로 사기가 한껏 올랐을 거네."

"아무래도 그렇다고 봐야겠지요."

"정면 대결은 벅찰 것 같은데, 어떻게 할 건가?"

"너무 걱정 마십시오. 예상했던 일이니까요."

호연유는 대충 대답하고 사야승에게 물었다.

"놈들이 언제 공격할 거라 보시오?"

"내일은 오지 않겠습니까?"

"손님 맞을 준비를 철저히 해 놓도록 하시오."

"예, 소존. 그리고 호교육령이 아기가 있는 곳에 대해서 정보를 보냈습니다."

호연유는 물론 함께 있던 여립과 독안마종도 눈빛을 빛냈다.

"그래요?"

"구양환이 정확한 장소를 끝내 감추긴 했습니다만, 그의 말을 분석해 보니 대충 어딘지 감이 잡힙니다. 사밀영 이 개조를 보냈으니 곧 좋은 소식이 올 겁니다."

사밀영(死密影)은 혈교령인 혈뇌 사야승이 직접 움직이는 천사교의 집행사자들이다.

개개인이 절정에 근접한 실력을 지닌 일류고수들로, 사교령인 사뇌 숙야돈의 귀밀영(鬼密影)과 쌍벽을 이루는 천사교의 비밀 조직이었다.

그럼에도 호연유는 마음에 차지 않았다.

"그들만으로 성공할 수 있을지 모르겠군."

"더 보내고 싶어도 놈들의 움직임이 수상해서……."

호연유도 상황이 좋지 않다는 걸 모르지 않았다. 하지만 몇 사람 더 빼낸다 한들 전력에서 크게 차이 날 것도 없을 듯했다.

"그래도 혹시 모르니 몇 사람 더 보내시오. 최근에 들어온 자들 중 부리기 쉽지 않은 자들이 있다 들었소만. 그런 자들은 안에서 말썽을 부리게 놔두는 것보다 밖으로 돌리는 것이 낫소."

"그것도 그렇군요. 알겠습니다, 소존."

"대신 서평에 즉시 연락해서 그곳의 인원 반을 이곳으로 보내라 하시오."

"천귀군주가 허락하겠습니까?"

서평의 천사교도를 지휘하고 있는 자는 천사교의 삼군 중 하나인 천귀군의 주인 구황이다.

그는 오직 지존의 명령만 따르는 자. 소존이나 혈뇌가 마음대로 움직일 수 없는 자였다.

"흥, 내가 요청한 인원을 다 보내지는 않아도 흉내는 낼 거요. 그 정도면 아기를 찾아내기 위해서 보낸 자들의 역할은 충분히 할 수 있겠지."

그제야 호연유의 뜻을 짐작한 사야승이 잔잔한 미소를 지었다.

"옳으신 말씀입니다. 과연 소존이십니다."

호연유는 사야승의 칭찬에 한껏 기분이 좋아졌다.

"아기를 찾는 데 얼마나 걸릴 것 같소?"

"이삼 일이면 찾아낼 수 있을 겁니다. 운이 좋으면 더 빨라질지도 모르지요."

확신에 찬 사야승의 말을 듣고 호연유가 사이한 미소를 지었다.

아기를 차지했을 때의 일을 떠올리니 가슴 짜릿한 흥분에 심장이 뛰었다.

"이삼 일이라…… 그 날이 기대되는군."

＊　　＊　　＊

새벽안개가 자욱한 인시 말.

곡하에 진을 친 연합 세력은 수뇌부들이 모여서 마지막 작전을 논의했다.

"이제 어떻게 할 건가?"

구양환이 먼저 유원당에게 물었다.

유원당은 담담한 표정으로 그를 보며 대답했다.

"가지를 먼저 치고 적의 주력을 상대할 생각입니다. 곡가장처럼 뜻밖의 일이 벌어진다면 더 좋을 텐데, 그 일은 두고 봐야 알겠지요."

구양환은 그 말을 듣고 유원당을 뚫어져라 쳐다보았다.

'단화린에 대해서 알고 하는 말인가?'

그런 생각이 들었다.

단화린에게 자신과의 약속에 대해서만 함구하라고 하긴 했지만 접촉까지 막진 않았다.

어차피 그들을 본 사람들이 많이 있을 터. 모르지 않을 거라 생각했으니까.

더구나 잠은각 좌령주 천종원이 유원당의 귀와 눈 역할을 하고 있지 않은가 말이다.

모르는 게 오히려 이상했다.

'암암리에 유원당과 통하고 있을지도 모르겠군.'

어쩌면 자신과의 약속에 대해서 말했을지 모른다.

그게 사실로 밝혀진다면 그에게 책임을 물어 몇 가지 일을 더 시킬 수 있을 것이다.

'흥, 언제까지 숨기는가 보자.'

그 때 관호명이 구양환에게 물었다.

"듣기로는 곡가장을 삼성궁의 고수들이 공격했다고 하던데, 어떤 사람들이오, 궁주?"

무림맹과 철군성, 백검맹 사람들도 궁금한지 구양환을 바라보았다.

구양환은 그들의 시선을 즐기면서 짐짓 난색을 표했다.

"그런 사람들이 있소. 워낙 중요한 비밀이인지라 지금 이 자리에서 말하기는 좀 그렇구려. 궁금하겠지만 곧 알게 될 것이니 조금만 기다려 주시오."

"그자들이 이번에도 공을 세워 준다면 총군사 말대로 일이 수월해질 텐데……."

"지시를 내려놓은 게 있으니 기대해 보시구려."

구양환은 그렇게만 말하고 화제를 돌렸다.

"군사, 적이 멀지 않은 곳에 있는데, 일일이 가지를 치는 것보다 곧장 주력을 치는 게 낫지 않겠나?"

"그것도 좋은 말씀입니다. 하지만 그러려면 먼저 정리해야 할 일이 있습니다."

"정리해야 할 일?"

"예, 궁주."

유원당은 담담히 말하고 시선을 돌려 임강령을 바라보았

다.

임강령은 구양영과 나란히 앉아 있었다.

"임 대협."

그가 임강령을 부름과 동시에 임강령이 우수를 뻗어 구양영의 마혈을 찍어 버렸다.

"헉!"

구양영이 몸을 틀려고 했을 때는 이미 마혈 두 군데가 더 찍혀서 온몸이 저릿해지며 손발이 굳어 버렸다.

느닷없는 상황에 장내의 모두가 놀라서 임강령을 바라보았다.

"무슨 짓인가!"

구양환이 임강령을 향해 호통을 쳤다.

선우명과 천군호도 놀라서 벌떡 벌떡 일어났다.

"임 대협, 그게 무슨 짓이오?"

유원당이 임강령을 대신해서 해명했다.

"임 대협은 할 일을 했을 뿐입니다. 너무 노여워 마십시오."

구양환이 홱 고개를 돌려서 유원당을 노려보았다.

"할 일? 그게 무슨 말인가? 명확히 해명하지 않으면 나도 참지 않을 거네!"

"제가 조금 전에 정리해야 할 일이 있다고 했지 않습니까? 그것은 이 안에 있는 적의 눈과 귀를 차단해야 한다는 뜻이었습니다."

구양환이 그 말뜻을 왜 모를까?

눈매를 파르르 떤 그가 경악한 표정을 지으며 다그쳤다.

"뭐라고? 그럼 내 아우가 적의 간세라도 된단 말인가?"

"저 역시 아니었으면 했습니다만, 아쉽게도 사실로 판명되었습니다."

구양환은 머릿속이 혼란스러웠다.

유원당의 말투로 봐서 확신을 하고 있는 듯했다.

임강령이 손을 썼다는 것은 그도 알고 있다는 말.

"임 아우, 군사의 말이 사실인가?"

"그렇습니다, 궁주. 사실 그에 대한 것은 제가 먼저 총군사에게 말했습니다."

"자네가?"

"저번 겨울부터 우리 쪽 주요 인사 중에 천사교의 간세가 끼어 있다는 것을 눈치채고 암암리에 조사 중이었습니다. 그런데 이번에 확실한 증거를 잡게 되었습니다. 하필이면 그 당사자가 궁주의 아우인 것은 유감스럽습니다만."

"어떻게, 어떻게 그런 일이…… 아냐, 그럴 리가 없네! 자네들이 뭘 잘못 알았을 거야. 영 아우, 말해 봐라. 저들이 잘못 알고 있는 거지?"

구양영이 창백하게 질린 표정으로 소리쳤다.

"그렇습니다, 형님! 저는 아무 잘못이 없습니다! 나를 풀어 줘라! 이게 무슨 짓이냐!"

구양환이 장내를 둘러보며 말했다.

"모두 들었소? 영 아우는 아무 잘못도 없다고 하지 않소?"

그 때 임강령이 고개를 돌려서 밖을 향해 말했다.

"그를 끌고 들어오게."

곧 황보청과 종리기진이 삼십 대 초반의 장한을 끌고 들어왔다.

그를 본 구양영이 이를 악물었다.

장한은 구양영의 수족이나 다름없는 자였다.

또한 천사교와의 연결을 책임진 자이기도 했다.

"저자는 구양영의 최측근으로 어젯밤에 진원보를 다녀왔습니다. 무엇 때문에 갔는지는 아직 밝혀내지 못했습니다만, 적어도 좋은 일로 가지는 않았을 거라 생각하고 있습니다."

구양환도 한두 번 본 적이 있는 자였다.

하지만 그는 순순히 수긍하지 않았다.

"그가 천사교의 주구라 해서 영 아우까지 간세라는 법은 없지 않은가? 설령 그가 영 아우를 천사교의 간세라고 말했다 해도 영 아우를 해치기 위해 거짓말을 했을 수도 있고 말이야."

그의 말도 옳았다. 정말 그럴지도 모를 일이다.

장내의 몇 사람이 고개를 끄덕거렸다. 개중에는 무림맹의 장로들도 두어 명이 포함되어 있었다.

그 때 임강령이 냉소를 지으며 구양영에게 말했다.

"인근에 있는 사람들이 모두 들을 수 있도록 큰 소리로 천사지존을 향해 심한 욕 다섯 가지만 해 보시오. 진심을 담아서."

구양영의 눈빛이 격렬하게 흔들렸다.

"내, 내가 천사지존을 욕하는 것하고 간세하고 무슨 상관이 있단 말이오?"

"천사교에선 천사지존을 욕하면 어떤 경우를 막론하고 참형이오. 그게 진심이 아니라 해도, 필요에 의해서라 해도. 그러니 당신이 심한 욕 다섯 가지를 한다면 반쯤은 믿어 줄 수도 있소."

"욕하는 거야 어려울 것 없소. 하지만 이렇게 강요당한 상태에서 욕하고 싶진 않소."

"천사지존은 욕을 먹어도 싼 자요. 그런데 강요든 아니든 무슨 상관이란 말이오?"

"일단 나를 풀어 주시오. 그럼 다섯 가지가 아니라 열 가지라도 욕을 하겠소."

임강령이 냉소를 지었다.

"너는 할 수가 없을 거다. 또 다른 간세가 들으면 죽은 목숨이 될 테니까. 그것도 그토록 악랄하다는 천사교의 참형에 의해서 처절한 고통을 받으며 죽겠지."

"영아야! 어서 욕을 해라! 그따위 놈들, 무서울 게 뭐 있단 말이냐?"

구양환이 구양영을 재촉했다.

하지만 구양영은 쉽게 욕을 하지 못했다.

"형님, 저는 제 의지로 욕을 할 겁니다. 이렇게 오해받으면서는 할 수 없습니다."

"그냥 해!"

"자존심 상하며 사느니 차라리 죽겠습니다."

"영아야!"

보다 못해 소림의 공원대사가 불호를 외며 나섰다.

"아미타불. 임 시주, 욕을 하고 안 하고만으로는 구양 시주를 간세라 볼 수 없소이다. 다른 증거는 없소?"

"있습니다."

임강령은 단호한 어조로 말하고는 구양영의 품속으로 손을 집어넣었다.

곧 그의 손에 작게 접힌 서찰이 딸려 나왔다.

"없애고 싶은데 사람들이 주위에 몰려와 있어서 없애지도 못했지? 아마 너는 생각지도 못했을 것이다. 그들이 왜 갑자기 몰려왔는지."

냉랭한 임강령의 말에 구양영의 안색이 흙빛으로 변했다.

서찰을 받고 없앨 틈도 없이 주위로 사람들이 몰려들었다. 그 바람에 일단 품속에 간직한 채 회의에 참석했다.

그런데 사람들이 몰려든 것이 임강령의 술수였단 말인가?

그가 부들부들 떠는 사이 임강령이 서찰을 펼쳤다. 슬쩍 서찰을 살펴보던 그의 표정이 급변했다.

"이, 이런!"

느닷없는 그의 변화에 유원당이 의아한 표정으로 물었다.

"무슨 내용인데 그리 놀라시는 거요?"

임강령은 그 서찰을 구양환이 볼 수 있도록 돌려서 내밀었다.

"읽어 보시오."

굳이 받을 것도 없었다.

눈앞에 펼쳐진 서찰을 본 구양환이 눈을 치켜떴다.

휙 고개를 돌린 그가 구양영을 죽일 듯이 노려보았다.

"네, 네놈이 미쳤구나!"

　　　공격 계획이 정해지면 즉시 연락할 것. 아기의 위치를
　　　좀 더 정확히 알아낼 것. 천사의 영광을 위하여.

그 때였다.

구양영이 턱을 쳐들더니 차갑게 소리쳤다.

"천사의 뜻을 거스르는 자는 죽어서 모두 지옥으로 던져질 것이다!"

사람들은 얼이 빠진 표정으로 구양영을 쳐다보았다.

순간, 구양영의 몸이 부르르 떨리는가 싶더니 얼굴빛이 파랗게 물들어 가며 뻣뻣한 자세로 쓰러졌다.

임강령은 처음부터 그가 자결할지 모른다는 걸 알고 있었으면서도 아혈을 막지 않았다.

그가 간세라는 것만 밝히면 되었다. 굳이 정보를 얻기 위해서 고문할 생각은 없었다.

천사교도들은 죽음과 고통을 웃으면서 맞이하는 자들, 세상의 어떤 고문도 통하지 않는 자들인 것이다.

오히려 그보다는 아기에 대한 문제가 더 중요했다.

구양영이 아기에 대해서 천사교에 알려 준 듯했다. 문제는 그들이 어디까지 아느냐 하는 것이었다.

"궁주, 구양영에게 아기에 대해서 얼마나 알려 주었습니까!"

구양환은 몸을 부들부들 떨면서 한동안 정신을 차리지 못했다.

갑작스런 상황에 당황하고 있던 연합 세력 간부들은 아기 이야기가 나오자 의아한 표정으로 물었다.

"갑자기 무슨 아기?"

"아기라니? 대체 그게 무슨 말이오?"

"궁주!"

임강령이 다시 한 번 답을 재촉했다.

그제야 겨우 정신을 차린 구양환이 입술을 깨물고 말했다.

"걱정할 것 없네. 정확한 위치에 대해선 알려 주지 않았으니까."

이번에는 유원당이 다급히 물었다.

"좀 더 정확히 알아내라는 말인즉 대충은 알고 있단 말이 아닙니까?"

"흥, 남들이 생각지도 못한 곳에 있다고만 했네. 그 정도로는 찾을 수 없을 거네."

"정말입니까?"

"정말이네. 그런데 자네들은 아기에 대해서 어떻게 알지? 그는 다른 사람에게 이야기하지 않겠다고 나와 약속했는데. 흥, 그러고 보니 그가 나와의 약속을 어겼군."

구양환은 그 상황에서도 북궁천이 약속을 어긴 점을 추궁했다.

하지만 유원당과 임강령은 북궁천이 아니었다. 그에 대한 책임 문제는 나중에 논의해도 되었다.

―천사교 놈들이 아기를 찾게 되면 무슨 일이 벌어질지 누구보다 궁주께서 잘 아실 겁니다. 아기가 있는 곳을 알려 주십시오.

임강령이 전음으로 다그쳤다. 회의장 안팎에 또 다른 간세가 있을지 누구도 모르는 것이다.

하지만 구양환은 쉽게 입을 열지 않았다.

―그들은 찾지 못하네.

―어차피 이번 일이 끝나면 아기를 돌려주기로 했지 않습

니까? 그렇다면 굳이 숨길 것도 없는 일 아닙니까?

그 말에 구양환의 마음이 흔들렸다.

내일 싸움이 벌어질 것이다. 그 싸움에서 북궁천이 도와 승리한다면 아기를 돌려줘야 한다.

아기를 지금 찾으러 간다 해도 싸움이 끝나기 전까지는 돌아올 수 없을 터. 말하지 못할 것도 없었다.

다만 문제는 북궁천이 약속을 지키지 못했을 경우였다.

—좋네. 단, 북궁천에게 미리 이야기하지 않겠다는 약속을 하게. 그리고 아기를 찾으러 사람을 보낼 때 내가 붙여 주는 사람과 함께 보내도록 하게. 북궁천이 약속을 지키지 않았을 경우를 생각해야 하니까. 그는 이미 약속을 어긴 자가 아닌가?

임강령으로선 지체할 시간이 없었다.

—좋습니다, 그렇게 하지요. 아기는 어디에 있습니까?

第八章

피를 보기에 좋은 날씨

　새벽어스름이 안개를 몰고 밀려들 무렵.

　북궁천은 궁산을 나와 진원보에서 십 리가량 떨어진 적산까지 접근했다.

　적산의 능선에 서면 진원보가 한눈에 들어왔다.

　거리가 좀 멀어서 사람을 분간하기가 쉽진 않지만, 전체적인 움직임을 살펴보는 것 정도는 무리가 없었다.

　북궁천은 그곳에서 정파 연합 세력의 공격을 기다리기로 하고 적당한 장소에 자리를 잡고 쉬었다.

　언제 공격할지 정확한 시간을 알 순 없었다.

　그래도 오늘을 넘기지는 않을 것이라 생각했다.

유원당이 자신에 대해 알고 있는 이상 공격을 미루지는 않을 것이었다.

"추람, 아기가 나를 닮았으면 무척 잘생겼을 거야. 그렇지?"

바위에 등을 기대고 있던 북궁천이 심심한 듯 엉뚱한 소리를 했다.

장추람은 당연하다는 듯 대답하며 박자를 맞췄다.

"물론이지요."

냉호와 철교신이 장추람을 째려보았다.

'어디를 봐서?'

'저 인간이 아부를 잘하는 줄은 오늘 처음 알았군.'

사실 북궁천은 잘생겼다.

판단 기준이 냉호나 철교신과 조금 다를 뿐.

냉호는 북궁천과 장추람이 잘생겼다는 생각을 한 번도 해 본 적이 없었다.

우선 키가 너무 컸다. 지금은 살이 많이 빠져서 그나마 낫지만, 북궁천도 장추람 이상으로 덩치가 컸다. 얼굴도 잘 뜯어보면 우락부락하게 생겼고.

남자답게 생겼다고 하면 몰라도 잘생긴 것과는 거리가 멀었다.

철교신 역시 냉호와 생각이 비슷했다.

남자라면 적어도 자신처럼 생겨야 잘생겼다고 할 수 있었다.

적당한 키, 적당하면서도 단단한 몸, 묵직한 표정.

그런데 북궁천과 장추람은 너무 컸다. 자신보다 단단하게 보이지도 않았고, 표정도 자신보다 가벼웠다.

북궁천은 그들이 어떻게 생각하든 상관하지 않고 꿈을 꾸듯이 말했다.

"나는 조부님처럼 내 아들을 힘들게 키우지 않을 거다. 어릴 때는 많이 놀게 해 주고, 자유스럽게 자신이 하고 싶은 일을 하게 할 거다."

"그러면 아이가 자기 좋아하는 일만 하려고 한다던데요?"

"하라지, 뭐."

"아이가 처음에 길을 잘못 들면 나중에 고칠 때 무척이나 힘들다는 말을 들었습니다, 주군."

"힘들어도 내가 힘든 거 아니겠어? 내가 편하기 위해서 어릴 때부터 아이에게 너무 많은 것을 강요할 순 없잖아?"

"버릇이 없는 아이는 아무리 똑똑해도 미움받는 법입니다. 그래서 가정교육이 필요한 거죠."

"아들 있어?"

"……아직 장가도 안 갔습니다."

"없으면서 왜 미리부터 걱정을 해?"

"그래도 아이는 엄하게 키워야 한다고 어른들이 말하지 않습니까?"

"엄하게 키우는 것은 려려가 잘할 거야. 내 청혼을 일언지하에 거절해 버린 여자가 바로 려려 아니야? 한번 한다고 하면, 목에 칼이 들어와도 하는 여자지."

장추람이 커다란 눈을 깜박였다.

"주모가 주군의 청혼을 거부했었단 말입니까?"

냉호가 실눈으로 북궁천을 바라보았다.

"생각해 본다며 미룬 게 아니었습니까? 그러다 갑자기 떠났다면서요?"

오직 철교신만이 주군의 말에 대해서 토를 달지 않았다.

'어쩐지……'

속으로만 뇌까렸을 뿐.

사실 그들로서는 그런 말을 할 만도 했다.

이전에 북궁천이 그렇게 말했다.

자신이 청혼하자 헌원려려가 생각해 보겠다는 말을 했다고.

그것만으로도 장추람 등은 헌원려려의 배포가 제법 크다고 생각했다.

그런데 그 자리에서 차 버렸다니!

북천마제를!

그러고도 육 개월 동안이나 버텼다고?

북천마제의 고집이 얼마나 센데!

정말 대단한 여인이 아닐 수 없었다.

"그러니 려려는 아기를 엄하게 키우고, 나는 놀아 주고. 그
럼 되는 거 아니겠어?"

북궁천은 그렇게 말을 맺었다.

결국 힘든 자식 교육은 부인에게 맡기고, 자신은 아들과
놀기만 하겠다는 뜻.

장추람과 냉호, 철교신은 어이가 없었다.

아들 하나 생겼다고 북천마제가 저렇게 변해 버리다니!

그 때, 능선 위에서 진원보를 감시하던 임표가 달려왔다.

"주군, 진원보의 움직임이 바빠지고 있습니다."

북궁천이 언제 그랬냐는 듯 무심한 표정으로 몸을 일으켰
다.

"피를 보기에는 좋은 날씨군. 이런 날은 피 색깔이 선홍빛
으로 아름답게 반짝거리지."

그를 흘겨보던 장추람과 냉호, 철교신도 어깨를 펴고 일어
났다.

계곡을 어루만지며 스쳐 가던 봄바람이 한겨울 북천의 대
지를 꽁꽁 얼려 버리는 한풍처럼 차가워졌다.

*   *   *

"총군사, 그에게 정말 이야기하지 않아도 되겠소?"

유원당은 임강령의 질문을 받고 허공을 바라보았다.

약속을 했으니 지켜야 한다. 약속도 지키지 못하는 사람은 전체를 지휘할 자격이 없다.

하지만 욕을 먹고 총군사 직위에서 물러나더라도 북궁천을 찾아서 사실을 말해 주고 싶었다.

오늘의 싸움이 일천, 아니, 앞으로 싸울 것까지 생각할 경우 수천의 목숨이 걸린 일만 아니라면 말이다.

"임 대협, 저도 그러고 싶습니다. 그런데 그럴 수가 없습니다. 그가 나중에 저를 원망한다 해도……."

"그가 약속을 내팽개치고 달려갈 것이 우려되오?"

임강령의 그 말에 유원당이 쓴웃음을 지었다.

"그는 분명히 그럴 사람입니다."

임강령도 모르지 않았다. 북궁천에게는 중원의 운명을 건 싸움보다 아기가 더 중요할 테니까.

"만에 하나 아기가 잘못되면 그가 우리를 향해 분노할 수도 있소."

"그럴지도 모르지요. 그때는…… 제가 목숨을 내놓고 용서를 빌겠습니다."

결연한 유원당의 말에 임강령이 흠칫했다.

"총군사?"

"사람을 보냈으니 일단 그들을 믿어 보도록 하지요."

"차라리 공격을 늦추고 아기를 찾을 때까지 기다리는 것은 어떻겠소?"

"그렇게 할 수만 있다면 얼마나 좋겠습니까? 하지만 그러기에는 이미 늦었습니다. 저들도 지금쯤 구양영의 죽음을 알았을 것이니, 우리가 공격을 늦추면 마제가 아기를 찾기 위해 이곳에 없다는 걸 짐작하고 먼저 공격해 올 겁니다."

"철저히 수비를 하면……."

임강형이 이마를 찌푸리며 자신의 생각을 말하자 유원당이 느릿하니 고개를 저었다.

"지금 상황에서 양패구상은 패배나 마찬가집니다."

답답하지만 길은 외길밖에 없었다.

*　　　　*　　　　*

사시가 얼마 남지 않은 시각.

이백여 명으로 보이는 무사단이 진원보의 서쪽에서 나타나더니 빠르게 진원보 안으로 사라졌다.

그로부터 한 시진 정도 흘렀을 때, 진원보에서 사오백에 달하는 무사가 쏟아져 나왔다.

그 직후, 인근 마을에 머물고 있던 무사 오백 역시 마을을 빠져나와 그들과 합류했다.

그들은 진원보에서 동쪽으로 십여 리 떨어진 언덕 위, 공격과 방어에 유리한 위치를 차지하고서 연합 세력이 다가오기를 기다렸다.

"가 볼까?"

북궁천이 움직인 것은 그때였다.

그들은 적산을 내려와서 진원보로 향했다.

겉은 한량처럼 느긋했지만 속에선 투지의 불길이 활활 타오르고 있었다.

적산에서 진원보 사이에는 야트막한 언덕이 서너 개 이어져 있었다.

북궁천 일행은 가슴 어림까지 자란 잡초를 헤치고 일직선으로 나아갔다.

그들을 처음으로 발견한 자들은 남쪽을 순찰하던 제팔법당주 휘하 삼조 조원들이었다.

스무 명으로 이루어진 그들은 잡초를 헤치며 다가오는 자들을 보고 눈살을 찌푸렸다.

하필이면 왜 지금처럼 긴박한 때에 나타나서 귀찮게 하는가 싶었다.

그래도 천사교 쪽을 돕기 위해 오는 자들일 수도 있는 일. 조장인 우조상은 좋은 말로 그들을 맞이했다.

"어디서 온 자들이오?"

북궁천 일행은 걸음을 멈추지 않았다.

"저승에서."

장추람의 장난 같은 말에 우조상이 흠칫했다.

"뭐?"

"너희들을 지옥으로 보내 주려고 왔지."

"이제 보니 적이구나!"

늘어서 있던 삼조 조원들이 일제히 무기를 빼 들었다.

북풍사객이 먼저 그들을 향해 신형을 날렸다.

일언반구도 없이 무기를 빼 든 그들은 조금도 머뭇거리지 않고 살수를 펼쳤다.

천사교 교도들이 대경해서 대응하려 했을 때는 이미 스무 명 중 반수 가까이가 피를 뿌리며 쓰러졌다.

더구나 남은 자들도 장추람과 냉호, 철교신이 손을 쓰자 싸움다운 싸움도 못 해보고 모두 지옥으로 달려갔다.

"먼저 가서 기다려. 다른 사람들도 곧 보내 줄 테니까."

장추람은 검에 묻은 피를 죽어 있는 우조상의 옷에 쓱쓱 닦고 돌아섰다.

바로 그 때, 저 멀리 언덕 위에 서 있던 천사교의 무리들이 움직이기 시작했다.

마침내 정파 연합 세력의 본격적인 공격이 시작된 듯했다.

그 광경을 바라보는 북궁천의 입가에 냉소가 떠올랐다.

"드디어 시작했군. 가자!"

날듯이 빠르게 내달린 북궁천 일행은 진원보의 담장을 넘어갔다.

갑자기 나타난 그들을 보고 경비무사들이 소리쳤다.

"웬 놈들이냐!"

어차피 은밀하게 행동할 생각이 없는 북궁천 일행이었다.

상대의 말에 대답할 이유도 없었다.

북풍사객과 장추람 등은 무기를 빼 들고 성큼성큼 그들을 향해 걸어갔다.

뒤늦게 적이란 것을 깨달은 천사교도들이 고함을 내지르며 달려들었다.

"적이다!"

"적이 안으로 들어왔다!"

일개 경비무사들로는 북천궁 최강을 자랑하는 장추람 등을 막을 수 없었다.

천사교도 십여 명은 제대로 된 싸움 한 번 못 해보고 피를 뿌리며 쓰러졌다.

북궁천은 뒷짐을 진 채 안쪽을 향해 소리쳤다.

"기왕이면 높은 놈들이 나와라!"

곧 대답이 들렸다.

"어떤 놈이 감히 이곳에 들어와서 큰소리치는 거냐!"

"죽지 못해 환장한 놈이로구나!"

"토막을 쳐서 절여 먹을 놈! 이름을 밝혀라!"

욕설과 함께 여기저기서 수십 명이 나타났다.

개중에는 무시무시한 기운을 뿜어내는 고수들도 대여섯

명이나 되었다.

"나는 단화린이다! 시시한 놈들은 상대할 마음이 없으니 자신 있는 놈들만 앞으로 나와라!"

"오냐, 이놈! 내가 네놈을 토막 쳐 주마!"

나타난 자들 중 텁수룩한 수염이 얼굴을 반쯤 뒤덮은 중년인이 몸을 날렸다.

"너 따위가?"

성큼, 앞으로 한 걸음 내디딘 철교신이 장창을 뻗었다.

찰나였다.

콰아아아!

장창 끝에서 일어난 시퍼런 회오리가 중년인을 덮쳤다.

눈을 부릅뜬 중년인은 들고 있던 칼을 벼락같이 휘둘렀다.

떠더덩!

둔중한 충돌음이 귀청을 먹먹케 하는가 싶더니, 옷이 갈기갈기 찢어진 중년인이 뒤로 날아갔다.

"크으윽!"

중년인의 앞섶은 이미 걸레가 되었고, 쩍쩍 갈라진 가슴과 배가 순식간에 시뻘겋게 물들었다.

"멍청하게 생긴 놈이 제법 창을 놀리는구나!"

이번에는 빼빼 마른 사십 대 중년인이 검을 뻗으며 달려들었다.

"그대는 내가 상대해 주지!"

장추람이 훌쩍 몸을 날리며 커다란 검을 내리쳤다.

마치 하늘에서 벼락이 떨어지는 듯했다.

빼빼 마른 중년인은 짐작했던 것보다 훨씬 강한 검세에 기겁하며 장추람의 공격을 막았다.

쾅!

단발의 굉음!

안색이 백짓장처럼 창백해진 중년인은 비틀거리며 다섯 걸음이나 물러났다.

장추람이 그를 쫓아 몸을 날리며 검을 뻗었다.

"그따위 검으로 비룡의 광풍신창을 논하다니. 간이 부었군!"

"크억!"

장추람의 검은 빼빼 마른 중년인의 어깨와 가슴을 동시에 갈라 버렸다.

실력이 뛰어나다고 정평 난 고수 둘이 졸지에 당하자 천사교 무리들의 눈빛이 흔들렸다.

그사이에도 북풍사객과 냉호는 달려드는 자들을 상대하며 대여섯 명을 더 쓰러뜨렸다.

그 때 안채 쪽에서 칠팔 명의 범상치 않아 보이는 자들이 나타났다.

"물러서라!"

그들을 본 북궁천의 입가에 싸늘한 미소가 걸렸다.

"이제야 쓸 만한 자들이 나타나는군."

"어떤 놈이 단화린이냐?"

새로 나타난 칠팔 명 중 오십 대 중반으로 보이는 중노인이 눈을 치켜뜨고 소리쳤다.

살점 하나 보이는 않는 마른 얼굴, 창백한 안색.

그는 귀곡사(鬼哭死) 궁치라는 자로 천사교 십호법 중 하나였다.

북궁천은 묵혼을 사선으로 늘어뜨린 채 그를 향해 걸음을 옮겼다.

"나를 찾는가?"

"죽일 놈. 듣던 대로 정말 건방이 하늘을 찌르는구나!"

"당신은 죽어도 되겠어. 얼굴을 보니 이미 저승사자가 기다리고 있군."

"내 네놈의 목을 뜯어서 개밥으로 던져 주겠다!"

궁치가 노성을 내지르며 양손에 든 철조를 가슴 높이로 들었다.

철조가 시퍼렇게 물드는가 싶더니 순식간에 팔목까지 파랗게 변했다.

"저승에 가거든, 곧 다른 사람들도 올 거라고 전해!"

북궁천은 싸늘하게 몇 마디 내뱉고는 단걸음에 궁치와의 거리를 일 장으로 좁혔다.

"죽어라, 이놈!"

궁치가 기다렸다는 듯 철조를 휘둘렀다.

푸르스름한 조영이 허공을 덮자 고약한 냄새가 퍼졌다. 궁치가 삼십 년 동안 연마한 청귀독조(靑鬼毒爪)가 펼쳐진 것이다.

북궁천은 청귀독조의 중심을 향해 묵혼을 밀어 넣었다.

순간, 북성팔검 중 파혼성광이 펼쳐지며 묵혼 끝에서 시커먼 검강이 폭발하듯이 터져 나갔다.

쾅!

굉음과 함께 궁치의 몸이 주르륵 밀려났다.

"크으윽, 이런 빌어먹을!"

겨우 중심을 잡은 궁치의 얼굴이 구겨진 철판처럼 일그러졌다.

하지만 북궁천의 공격은 아직 끝난 것이 아니었다.

예전보다 더욱 강해진 그의 공력은 가히 하늘도 무너뜨릴 수 있을 정도였다.

궁치와의 정면 대결은 그에게 아무런 충격도 주지 못했다.

"그딴 실력으로 나를 죽이겠다고!"

성큼성큼 궁치를 향해 다가간 북궁천이 묵혼을 사선으로 그었다.

쉬아아악!

허공이 쩍쩍 갈라지며 묵빛 강기가 궁치를 덮쳤다.

궁치는 미친 듯이 철조를 휘둘렀다.

철조에서 흘러나오는 고약한 냄새가 더욱 짙어졌다.

까가강! 쩌정!째쟁!

서너 번의 부딪침으로 철조가 산산조각 나며 부서졌다.

그리고 종내는 묵혼의 검첨에서 뇌전처럼 뻗어 나간 검강이 궁치의 가슴을 뚫어 버렸다.

퍽!

"크악!"

가슴이 뚫린 궁치는 비명을 내지르며 뒤로 나가떨어졌다.

꿰뚫린 그의 심장 부위에서 피가 분수처럼 솟구쳤다.

그는 부들부들 몸을 떨며 북궁천을 노려보았다.

"끄으으으, 네, 네놈도 청귀독에…… 곧 내 뒤를……."

북궁천은 짜증을 내듯이 그를 향해 좌수를 뻗었다.

쾅!

궁치의 몸이 이 장이나 날아가 널브러졌다.

숨을 서너 번 쉴 시간.

그 짧은 시간에 십호법 중 하나인 궁치가 죽었다.

너무나 갑작스런 상황에 천사교 무리들은 얼이 반쯤 빠졌다.

북궁천은 그 기회를 놓치지 않았다.

최대한 많은 피해를 줘야 하는 것이 목적인 그다.

상대는 천사교 무리 중 능히 간부급 실력을 지닌 자들.

궁치의 말대로 청귀독에 중독되었다면, 독이 퍼지기 전에 하나라도 더 숨통을 끊어 놓아야 했다.

땅을 박차고 몸을 날린 그는 허공 삼 장 위에서 떨어져 내리며 묵혼을 뻗었다.

한편, 호연유는 단화린의 등장 소식을 듣고 벌떡 일어났다.

"뭐야? 단화린이 뒤쪽에 나타났다고?"

"그렇습니다, 소존!"

"몇 놈이나 되느냐?"

"모두 여덟 명이라 합니다."

"여덟? 그럼 양평에서 사라진 놈들이 나타났다는 말이로군."

호연유는 짜증이 가득한 표정으로 사야승을 바라보았다.

양평에서 북궁천 일행의 행적을 놓친 것이 마음에 걸린다 했더니, 결국 그들의 공격을 받고 있다.

화가 나지 않을 수 없었다.

"내가 뭐랬소? 철저히 감시하라고 하지 않았소?"

"죄송합니다, 소존. 곧 놈들을 잡아들이겠습니다."

"지금 본 교의 장로들 중 장원 안에 남아 있는 사람은 누구요?"

"곡 장로와 은 장로께서 계십니다."

호연유가 발작하듯이 사야승을 다그쳤다.

"둘 다 보내시오. 마종보와 혈문에서 온 사람들도 보내고. 어떤 희생이 따르더라도 반드시 오늘 놈을 죽여야 하오!"

"하오나 곧 연합 세력을 상대하기 위해서 이 차 전력을 파견해야⋯⋯."

호연유가 인상을 쓰며 사야승을 쏘아보았다.

"그곳은 일단 천귀군부터 보내시오. 오늘 단화린을 죽이지 못하면 머리 위에 칼을 이고 사는 꼴이 될 거요. 아니, 그 전에 이곳부터 무너지겠지. 나도 갈 것이니 어서 사람들을 보내시오!"

사야승은 호연유마저 나서자 더 이상 거부하지 못했다.

"알겠습니다, 소존."

뒷마당에서 벌어지는 싸움은 점입가경으로 치달았다.

사방에서 몰려든 천사교와 마종보 무사들의 숫자가 칠팔십 명에 달했다.

그나마도 쓰러진 사십여 명을 제외한 숫자였다.

쾅광!

장추람은 상처 입은 호랑이처럼 날뛰며 검을 휘둘렀다.

그의 검에서 검기가 광풍폭우처럼 휘몰아치며 일 장 이내를 완전히 장악했다.

그와 부딪친 자들은 핏덩이가 울컥 솟구쳐서 가슴을 틀어

막는 충격에 이를 악물어야만 했다.

반면 냉호의 칼은 은밀하고 섬뜩했다.

허공을 가르는 그의 칼에서는 소름끼치는 기음이 흘러나왔다.

빠르고 은밀한 데다 살기 넘치는 도세!

그의 칼날은 아수라의 이빨처럼 달려들어서 상대의 몸을 난자했다.

하지만 그런 두 사람도 철교신보다 사납지 않았다.

평소의 과묵하던 그는 어디론가 사라지고 죽음의 사자가 전장을 휩쓸고 있었다.

그런데 사실은 그 모습이 바로 전장에서의 본래 철교신이었다.

—흑룡과 한룡을 만나는 한이 있어도 비룡과는 마주치지 마라!

오죽하면 북천에서 그런 말이 떠돌겠는가?

"모조리 죽여 주마! 얼마든지 덤벼라!"

철교신이 광기를 드러낸 것은 장판도에서 싸울 때가 처음이었다.

그 후로 격렬한 혈전이 벌어지면 한 번씩 광기를 드러냈다.

바로 오늘처럼!

퍼버버벅!

콰직!

적의 심장에 창을 틀어박은 그는 홱 뿌리듯이 창을 휘둘렀다.

꼬치처럼 창끝에 꿰어져 있던 상대가 허공으로 날아가며 혈우를 뿌렸다.

그 때였다.

콰과과광!

"크아악!"

"끄어어어어."

번천지복의 굉음과 함께 비명이 터져 나왔다.

북궁천이 싸우던 곳에서 터져 나온 소리였다.

그 소리가 어찌나 크고 처절한지 장추람과 냉호, 철교신조차 싸우던 중에 눈길을 돌렸다.

'맙소사!' 소리가 절로 나왔다.

북궁천을 공격하던 자는 모두 여섯 명.

개개인이 절정고수고, 개중 두어 명은 장추람 등도 일이십 초 안에 승부를 내기가 쉽지 않은 고수였다.

그런 자들 여섯이 태풍에 허리가 꺾인 나무처럼 사방으로 날아가서 피를 쏟고 있었다.

북궁천은 그들 한가운데에 오연히 선 채 오만한 눈길로 사위를 쓸어 보았다.

가히 절대의 위엄!

그토록 악착같이 달려들던 천사교 무리들조차 질린 표정으로 멀찌감치 물러났다.

바로 그 때!

화르륵!

세 사람이 지붕을 날아 넘어서 땅에 내려섰다.

그들 중 한 사람을 알아본 북궁천의 입가에 한겨울 북천의 찬 바람 같은 냉소가 걸렸다.

'독안마종 곡대양.'

나머지 두 사람은 처음 보는 자들이었다. 그러나 그들의 실력도 곡대양에 비해 아래가 아닌 듯했다.

적의 핵심 중 핵심 고수들이라는 말.

'아직 독기가 퍼지지 않는 걸로 봐서 심하게 중독되진 않은 것 같군.'

염려했던 독기는 아직 그의 움직임에 영향을 미치지 않았다. 공력 운용도 지장이 없었다.

그는 모르고 있었다.

화령조의 기운을 모두 얻음으로써 어지간한 독기는 자신에게 해를 끼치지 못한다는 걸.

만독불침(萬毒不侵)이라는 걸 말이다.

어쨌든 다행으로 생각한 그는 묵혼을 움켜쥐고 그들을 맞이했다.

"나올 사람들은 다 나왔나? 하긴 눈깔 하나밖에 없는 노인네까지 나온 걸 보니 대충 다 나온 것 같군."

독안마종의 외눈에서 분노의 불길이 활활 타올랐다.

"네놈의 간을 빼서 생으로 씹어 먹겠다, 이놈!"

그 때 지붕 위에서 낭랑한 목소리가 들렸다.

"단화린! 오늘 이곳이 네놈 무덤이 될 것이다!"

북궁천은 앞에서 독안마종이 외눈을 번뜩이고 있는데도 고개를 돌려 소리가 난 곳을 바라보았다.

은빛 장삼을 걸치고 은빛 도관을 쓴 청년이 지붕 위에 서 있고, 그의 뒤에는 얼굴까지 검은 면사로 가린 흑의인 넷이 늘어서 있었다.

천사교의 소존. 마침내 그가 나온 것이다.

'드디어 여우새끼가 나왔군.'

북궁천의 눈빛이 무저의 심해처럼 가라앉았다.

그런데 그보다 장추람이 먼저 버럭 소리치며 지붕 위로 날아갔다.

"새파란 새끼가 감히 주군께 욕을 하다니! 그 건방진 모가지를 잘라 주마!"

호연유의 뒤에 늘어서 있던 흑의인들이 유령처럼 이동하며 호연유의 앞을 막아섰다. 호연유의 그림자인 사사령(四邪靈)이었다.

하지만 호연유가 그들을 제지했다.

"물러서라."

단화린의 일행들이 강하다는 말을 듣긴 했지만, 단화린 본인만 아니라면 누구든 자신 있었다.

흑의인들은 일절 반문하지 않고 명령이 떨어지자마자 다시 뒤로 물러났다.

장추람이 이채 띤 눈으로 그들을 보며 냉소를 지었다.

"지옥으로 함께 보내 줄 테니 아쉬워하지 말고 기다려라."

"흥! 지옥은 네놈이나 가라!"

호연유가 앞으로 쓱 한 발을 내디디며 두 손을 흔들었다.

그 때 아래쪽에서는 곡대양과 사혼마(死魂魔) 은사종, 마 종보의 고수인 염사검객(炎絲劍客) 나등위가 북궁천을 향해 몸을 날렸다.

사혼마는 사십 년 동안 강호를 횡행하며 고수 수십을 죽인 사천제일살수였다.

또한 기련검마의 사제인 나등위는 감숙을 종횡하던 초절 정고수였다.

세 사람의 합공은 빠르고 은밀하면서도 강력했다.

그들이 북궁천을 공격하자, 사야승의 명령을 받고 몰려든 고수 이십여 명이 냉호와 철교신, 북풍사객을 향해 달려들었다.

진원보에 있던 천사교와 마종보, 혈문의 고수들이 북궁천 일행을 죽이기 위해서 총출동한 것이다.

콰과광!

호연유와 장추람의 기운이 정면으로 충돌하며 지붕이 무너질 것처럼 흔들렸다.

기와는 산산이 부서져서 사방으로 튀고, 용마루가 꺾어져 가운데가 주저앉았다.

호연유는 음혼혈마공을 펼쳐서 오초를 공격하고도 장추람을 압도하지 못하자 속이 부글부글 끓었다.

단화린에 대해 패배 의식을 품고 있는 것만 해도 자존심이 상하는 터에, 그놈의 수하처럼 보이는 자조차 이기지 못하다니!

"네놈은 누구냐!"

장추람 역시 낯짝이 번지르르한 놈을 단숨에 꺾지 못하자 기분이 상했다.

"잘 기억해 두었다가 지옥에 가서 염왕에게 말해라, 애송이. 이 어르신은 장추람이라는 분이시다!"

호연유의 진기가 찰나간 흔들렸다.

"장추람? 네놈이? 저 단화린이란 놈이 장추람 아니고?"

"우하하하하!"

장추람은 강적을 눈앞에 둔 것도 잊고 미친 듯이 웃어댔다.

"미친놈! 눈이 삐었군! 어디를 봐서 주군이 나처럼 잘생겼단 말이냐?"

호연유의 눈빛이 거세게 흔들렸다.

단화린이 장추람이 아니라면 누구란 말인가?

추측하는 것은 어렵지 않았다.

장추람이 주군이라고 부를 수 있는 자가 천하에 몇이나 있겠는가?

'맙소사! 그럼 저놈이…… 북천마제?'

바로 그 순간!

북궁천의 시커먼 검강이 곡대양의 머리 위로 떨어졌다.

서너 번 정면으로 부딪치며 안색이 해쓱하게 질려 있던 곡대양은 전력을 다해서 쌍수를 휘둘렀다.

콰광!

"크윽!"

억눌린 신음을 토해 낸 그는 정신없이 물러섰다.

북궁천은 그를 놔둔 채 나등위를 향해 검을 틀며 일자(一字)로 허공을 그었다.

북천명왕공이 실린 일자패천검!

고오오오!

허공이 시커먼 검강에 의해 둘로 갈라졌다.

이미 진기가 진탕된 나등위였다. 자신감은 심연의 나락으로 빠져 버린 상태.

아연한 표정으로 허공이 갈라지는 것을 바라보던 그는 이를 악물고 검을 들었다.

숨이 턱 막힌 그는 검을 들어 막으면서도 암담함을 떨치지 못했다.

쩡!

백련정강을 열 번이나 담금질해서 만든 검이 중동에서 부러져 허공으로 날아가고, 섬뜩한 느낌과 함께 가슴이 쩍 갈라졌다.

"끄으으으으."

주춤주춤 뒤로 세 걸음 물러선 그의 가슴에서 피가 뿜어졌다.

그 때였다.

북궁천의 등 뒤로 은사종이 떨어져 내렸다.

기척도, 진기의 유동도 느껴지지 않는 은밀한 움직임.

그의 뾰족한 협봉검에서 뻗은 검강이 북궁천의 등 뒤로 떨어진 순간!

확 몸을 돌린 북궁천이 한 발을 앞으로 내디디며 묵혼을 뻗었다.

"가라!"

시커먼 벼락이 묵혼의 검첨에서 뻗어 나가며 은사종을 덮쳤다.

삼대패천검 중 제이초, 뇌정무적세가 펼쳐진 것이다.

일순간, 은사종의 눈이 튀어나올 것처럼 불거졌다.

시커먼 벼락에 눈앞이 캄캄해졌다.

나락으로 떨어지는 기분!

"아, 안……!"

쾅!

"크억!"

은사종의 몸뚱이가 벼락에 맞은 것처럼 훌훌 날아갔다.

장추람과 막상막하의 결전을 벌이던 호연유의 안색이 하얗게 탈색되었다.

단화린의 정체를 깨달은 순간부터 부동심이 균열을 보이기 시작한 터였다.

그러던 차에 곡대양과 나등위, 은사종이 차례차례 당하자 마음이 급해졌다.

'저놈은 사람이 아니야!'

그는 전력을 다해서 음혼혈마공을 펼쳤다.

그러고는 장추람이 장력을 해소시키는 사이 뒤로 몸을 날렸다. 북궁천이 자신에게 검을 겨누기 전에 빠져나가야 했다.

"저놈을 막아라!"

그가 뒤로 죽 빠지며 소리치자, 묵묵히 서 있던 흑의인들이 앞으로 나서며 장추람을 막아섰다.

"어딜 도망가는 거냐!"

대갈일성을 내지른 장추람은 도를 폭풍처럼 휘두르며 네 사람 사이를 누볐다.

그러나 흑의인들의 실력도 만만치 않았다.

기이한 신법과 철저히 살초로 이루어진 그들의 공격은 장추람조차 섬뜩함을 느낄 정도였다.

정신 바짝 차리지 않으면 자신이 당할지도 모르는 일.

장추람은 호연유를 놔둔 채 흑의인들과의 대결에 정신을 집중했다.

한편, 멀찌감치 떨어진 곳에서 상황을 지켜보던 사야승은 호연유가 몸을 빼자 악을 쓰듯 외쳤다.

"모두 놈들을 공격해!"

아직 남은 무사가 백여 명은 되었다.

'놈들을 죽이지 못한다 해도 붙잡아 놓을 수는 있겠지!'

그런 마음이었다.

그에게는 백여 명의 목숨보다 소존의 목숨이 더 중요했다. 소존이 당하면 자신도 죽으니까.

천사교도들은 북궁천 일행을 향해서 불나방처럼 달려들었다.

북궁천은 망설이지 않고 손을 썼다.

죽어도 마땅한 자들!

이미 전부터 천사교도에 대해서 그렇게 결론을 내린 터였다.

하지만 수하들은 그만큼 강하지 않았다.

일대일로는 상대가 되지 않는다 해도 여럿이 달려들면 그만큼 부담이 될 수밖에 없는 것이다.

아니나 다를까, 북풍사객 중 셋째인 구자강이 서너 군데 상처를 입고 비틀거렸다.

둘째인 담운과 넷째인 지송문이 그를 도우려 했지만 별다른 도움은 주지 못하고 부상을 입었다.

그나마 임표가 겨우 버티고 있었으나 시간이 흐르면서 한계를 드러내기 시작했다.

거기다 냉호와 철교신마저 적의 거센 공격을 상대하느라 그들을 도와줄 수가 없었다.

북궁천도 그 사실을 모르지 않았다.

잠깐 사이 십여 명을 쓰러뜨린 그는 좌수를 휘둘러서 건곤패력장을 펼쳤다.

콰아아아아!

폭풍 같은 장력이 전방 십여 장을 휩쓸며 길을 뚫었다.

"임표! 나가라!"

그가 소리치자, 임표를 비롯한 북풍사객이 먼저 신형을 날렸다.

냉호와 철교신, 장추람은 그들이 무사히 벗어날 때까지 적을 상대했다.

"죽고 싶으면 얼마든지 막아 봐라!"

그러고는 북풍사객이 모두 담장을 넘어간 직후 그들도 몸을 날렸다.

마지막까지 남아 있던 북궁천은 장추람 등마저 모두 장원을 벗어나자 성큼성큼 걸음을 옮겼다.

땅이 진동하며 가공할 경력이 회오리쳤다.

마제일존보에서 발전한 패왕일보!

천사교와 마종보, 혈문의 고수들은 감히 공격할 엄두도 내지 못한 채, 얼굴이 해쓱하게 질려서 뒤로 물러서느라 정신없었다.

저자도 인간인 이상, 모두가 달려들면 죽일 수 있을지 모른다.

천하의 누가 자신들 모두를 죽일 수 있으랴!

간부 몇 사람이 그런 생각을 했지만, 공포에 짓눌린 그들은 어느 누구도 실행에 옮기지 못했다.

第九章

진아를 찾아서

정파 연합 세력과 천사교 무리는 언덕 아래 골짜기에서 정면으로 격돌했다.

"공격하라!"

"천사의 영광을 위하여!"

와아아아아!

"놈들을 막아라!"

"사악한 자들을 죽여 이 땅에 정의가 살아 있다는 것을 알리자!"

"정의는 반드시 이긴다! 모두 힘을 내서 놈들을 척살하라!"

비명과 악다구니가 뒤섞인 광란의 혈전!

사지가 잘리고, 피가 튀고, 주검이 주단처럼 깔렸다.

푸르던 풀밭이 시뻘건 혈화로 뒤덮인 것은 잠깐 사이였다.

상큼한 풀냄새 대신 역한 피비린내가 진동했다.

아비규환의 지옥!

상대의 목을 치고 가슴에 검을 꽂으면서도 그때만큼은 누구 하나 죄의식을 느끼지 못했다.

상대는 죽여야 할 적.

죽이지 못하면 내가 죽는 상황.

그 외에는 다른 생각할 겨를이 없었다.

그렇게 혈전이 절정으로 치달을 즈음, 천사교 쪽에서 지원 무사가 도착했다.

와아아아아!

"정파의 위선자들을 죽여라!"

"놈들의 피로 세상을 정화하자!"

그들은 골짜기의 양쪽에서 쏟아져 내려가며 정파 연합 세력을 공격했다.

암기가 허공을 시커멓게 메우며 날아가고, 각종 무기로 무장한 무사들이 함성을 내지르며 뒤따라갔다.

처음에는 지원무사가 왔다는 생각에 천사교 무리의 사기가 하늘까지 솟구쳤다.

하지만 그도 잠시, 기대에 못 미친 지원무사의 숫자를 보고 간부급 고수들이 욕설을 퍼부었다.

"왜 저것밖에 안 온 거지?"

"혈뇌 이 자식은 뭐 하는 거야!"

"빌어먹을 모사꾼 놈! 우리보고 함께 죽으란 건가?"

"멈추지 말고 공격부터 해!"

불만이 있을 만도 했다.

지원무사의 숫자가 계획했던 인원의 반밖에 되지 않았으니까.

한편, 유원당은 적의 지원무사가 생각보다 적자 회심의 냉소를 지었다.

천사교는 연합 세력을 유리한 지형으로 끌어들인 다음 양면 공격을 할 계획이었을 것이다.

독과 화살, 암기를 양쪽에서 퍼부으며 엄청난 효과가 있을 테니까.

그런데 지원무사가 예상보다 훨씬 적자 당황한 것처럼 보였다.

'그가 제대로 일을 처리했나 보군!'

유원당은 적의 지원무사가 더 이상 없다는 확신이 들자 두 번째 계획을 망설이지 않았다.

"신호를 올려라!"

그가 명령을 내리자, 옆에 있던 무사가 하늘을 향해 화살을 쏘아 올렸다.

쉬이이익, 펑!

폭음과 함께 이십 장 허공에서 붉은 폭죽이 터졌다.

그로부터 얼마 되지 않아 좌우에서 무사들이 나타났다. 그
들은 천사교의 지원무사 뒤쪽으로 쏟아져 내려가며 함성을
내질렀다.

"천사교 놈들을 척살하라!"

"모조리 지옥으로 보내 줘라!"

와아아아아!

"으아악!"

"놈들이 뒤에서 나타났다! 뒤를 막아!"

"천사의 영광을 위하여 놈들과 함께 죽자!"

천사교도들은 조금도 죽음을 두려워하지 않고 연합 세력
무사들을 향해 달려들었다.

그러나 마종보나 혈문의 무사들은 천사교도와 달랐다. 그
들은 방어에 치중하면서 빠져나갈 기회만 노렸다.

천사교 무리를 지휘하던 동마신 여립은 어이없는 상황에
이를 갈았다.

지원무사가 반밖에 안 온 상태에서 거꾸로 적이 양면협공
을 해 온다.

여차하면 이곳에서 모두 뼈를 묻어야 할 상황.

"제기랄! 대체 소존과 혈뇌는 뭐 하고 있는 거야?"

교도들이 동귀어진을 망설이지 않으며 적에게 대항해 보지

만, 시간이 흐르면서 무너지는 속도가 빨라졌다.

더구나 마종보와 혈문 무사들은 도망갈 기회만 엿보고 있었다.

이 상태라면 전멸은 시간문제.

그는 결단을 내리고 악을 쓰듯이 후퇴 명령을 내렸다.

"모두 이곳을 빠져나가라! 후퇴!"

"후퇴!"

"후퇴하라!"

천사교 무리들은 썰물처럼 뒤로 물러나고, 정파 연합 세력은 기를 쓰며 그들을 추적했다.

시뻘겋게 채색된 골짜기에 남은 것은 팔백 구의 시신뿐.

시신에서 흘러나온 피가 골을 따라 흘렀다.

*　　　*　　　*

대승을 거두고 진원보를 완전히 탈환한 정파 연합 세력 수뇌부들은 후원에 펼쳐진 광경을 보고 얼이 반쯤 빠졌다.

"저자는 나등위가 아닌가?"

"헉! 저 늙은이는 귀곡사 궁치! 도대체 저 노마를 누가 죽였단 말인가?"

"아미타불, 어쩐지 저들의 지원무사의 숫자가 적다 했더니, 허어어……"

대충 세어 봐도 백수십 명이 죽거나 죽어 가고 있었다.

개중에는 강호에서 내로라하는 고수들조차 경악할 만한 자들도 제법 되었다.

임강령은 사람들이 경악해서 우왕좌왕하는 사이, 북궁천 일행이 남긴 흔적을 따라서 담장을 넘었다.

'멀리 가진 않았을 거다.'

기다리고 있으면 북궁천이 연락해 올 것이 분명했다.

그러나 한시가 급한 상황. 마음이 다급해서 기다리고 있을 시간이 없었다.

적산의 능선에서 진원보를 바라보고 있던 북궁천은 달려오는 사람이 임강령인 것을 알아보았다.

"여기요, 임 대협!"

진기가 실린 음성은 메아리를 일으키지 않고 일직선으로 뻗어 나가 근 오 리나 떨어져 있는 임강령에게까지 들렸다.

임강령은 소리가 들리는 곳을 쳐다보았다.

저 멀리 산 능선에 몇 사람이 서 있는 게 보였다. 북궁천과 그의 일행들이었다.

그가 그들을 향해 소리쳤다.

"빨리 내려오시게!"

북궁천은 임강령이 자신을 찾기 위해 직접 나선 걸 보고 눈살을 찌푸렸다.

임강령은 구양환에게 들키지 않도록 조심해야 할 입장이다. 자칫하면 구양환이 트집을 잡을 테니까.

그런데 전혀 그런 느낌이 없었다.

들켜도 상관없다는 듯.

심상치 않음을 느낀 북궁천은 산을 내려갔다.

"가 보자."

북궁천을 만난 임강령은 구양영의 일에 대해서 말해 주었다.

담담하던 북궁천의 표정이 납덩이처럼 굳어졌다.

"그러니까, 구양영이 아기에 대해서 천사교 놈들에게 일러바쳤단 말입니까?"

임강령이 씁쓸한 표정으로 고개를 끄덕였다.

"그렇다고 하네. 하지만 정확한 장소는 구양 궁주도 말하지 않았다는군."

장소를 알고 모르고는 나중 문제다.

천사교가 알고 있다는 것. 그들이 이미 움직였을 거라는 것. 그 자체가 큰일이다.

"아기는 어디에 있다고 합니까?"

북궁천의 목소리가 어느 때보다 차가워졌다.

임강령은 착잡한 표정으로 자신이 아는 바를 말해 주었다.

"포원산장 동쪽 이십 리 떨어진 농원이라 하네. 이미 황보청과 종리기진이 연합 세력 고수 몇 명과 함께 아기를 찾기 위해서 떠났네."

북궁천은 그 말을 듣고도 표정이 펴지지 않았다.

"그 사실을 좀 더 빨리 알려 줄 수 있었을 겁니다. 그렇지 않습니까?"

진원보를 공격하기 전에 말이다.

임강령의 눈빛이 흔들렸다.

"솔직히 말하면…… 자네 말이 맞네. 비록 구양환과 약속을 하긴 했지만, 나 하나 욕먹을 각오를 했으면 알려 줄 수도 있었네. 총군사도 마찬가지 마음이었고. 그런데 워낙 많은 목숨이 걸린 일이다 보니 그게 마음대로 되지 않더군. 정말 미안하네."

북궁천도 수천 무사를 지휘해 본 사람이다.

빌어먹을 그 입장을 어찌 모를까.

그는 무심한 눈으로 임강령을 지그시 바라보고는 몸을 돌렸다.

"저는 임 대협과 유 원주를 존중합니다. 계속 그럴 수 있었으면 좋겠군요."

아기가 잘못되기라도 한다면 그 일에 관련된 사람들은 각오해야 할 것이다.

누구든!

임강령이 왜 북궁천의 뜻을 모를까?

그는 입술을 깨물고 바람이 흐르는 대로 몸을 맡겼다.

"나도 함께 가겠네. 그 일에 대해선 나도 책임이 있으니까."

*   *   *

초강은 암경회 무사 셋과 함께 포원산장 주위 수십 리를 샅샅이 뒤지고 다녔다.

가지고 있는 초상을 사람들에게 보여 주기도 하고, 처음 보는 자가 머무는지도 세세히 알아보았다.

하지만 이틀이 지나 밤이 다 되도록 별다른 정보를 얻지 못했다.

'역시 이곳이 아닌가?'

어쩌면 당연한 결과일지도 몰랐다.

포원산장과 헌원려려의 관계를 잘 아는 구양환이다. 포원산장이 알게 되면 금방 소문이 날 텐데 왜 이곳에 숨긴단 말인가?

'내가 너무 의외의 경우만 생각한 것 같군.'

쓴웃음을 지은 초강은 날이 밝으면 사형제들을 찾아가기로 결정했다.

그런데 그날 밤이었다.

"공자, 객잔 주인이 그러는데, 북쪽으로 십 리 떨어진 계곡에 농사짓는 작은 농원이 하나 있다고 합니다. 그곳에 가 보시겠습니까?"

"농원?"

"그곳도 포원산장의 땅이라고 합니다. 그런데 말이 농원이지 실제로는 화전이나 다름없는데, 이런저런 이유로 고아가 된 아이들이 그곳에서 살고 있다고 합니다."

"그래요?"

마지막으로 한 곳 더 수색해 보는 것도 나쁘지 않을 것 같다.

"좋소. 그럼 내일 아침을 먹고 가 봅시다."

아침이 되자 초강은 암경회 무사들과 함께 고아들이 산다는 곳으로 향했다.

십 리쯤 가자 완만한 산이 보였다.

암경회 무사 중 정만중이 손을 들어 산을 가리켰다.

"저 너머인가 봅니다, 공자."

초강은 그가 가리키는 산을 바라보았다.

산은 대부분이 돌밭이었다. 저런 곳에 농사를 지을 곳이 있을까 싶었다.

누구보다도 아기의 중요성을 잘 아는 구양환이 아기를 '저런 곳으로 보냈을까?

의문이 들긴 했지만 어느 곳도 조사 대상에서 제외할 수는 없었다.

"가 보지요."

*   *   *

선선한 봄날의 아침.

능상악은 차를 한 잔 가득 따르고는 천천히 입가로 가져가 다향을 음미했다.

자신들이 머무는 건물 앞쪽, 고아들이 사는 곳에서 떠들어대는 소리가 참새 지저귀는 소리처럼 들렸다.

그는 담담히 웃으며 그 소리를 즐겼다.

이곳에 온 지 어느덧 두 달.

언젠가부터 수룡위사대원들이 고아들 중 몇 명에게 사소한 무공을 가르쳐 주고 있었다.

고아들의 숫자는 삼십여 명. 남자애가 스물, 계집아이가 열명 정도 되었다.

나이는 이제 일고여덟 살부터 열댓 살까지 다양했다.

그 아이들 중 몇 명은 체격 조건이나 근골이 빼어나 무공을 익히기에 적합했다.

하기에 자신도 고아들 중 두 아이에게 심심풀이로 무공을 가르치고 있었는데, 지금 밖이 시끄러운 것은 그 아이들이 기초적인 체력 단련을 하고 있기 때문이었다.

'의외로 괜찮은 아이들이 많아.'

능상악은 자신이 직접 가르치는 두 아이를 삼성궁으로 데려갈 것인지 심각하게 고민 중이었다.

자신이 고민할 만큼 뛰어난 아이들이었다.

'수룡위사대가 되기에 충분한 아이들이야.'

그런 아이들을 포원산장에 넘겨줄 순 없는 일.

그는 내심 결정을 내리고 찻잔을 입에 가져갔다.

그런데 바로 그 때.

'음?'

섬뜩한 느낌에 온몸의 솜털이 곤두섰다.

찻잔을 내려놓은 그는 고개를 들고 공력을 끌어 올려서 주위를 살펴보았다.

사방에서 싸늘한 기운이 밀려들고 있었다.

상당히 강한 기운!

'웬 놈들이?'

능상악은 옆에 놓인 검을 들고 자리에서 일어났다.

그와 동시에 밖에서 고함이 터져 나왔다.

"누구냐!"

"웬 놈인지 몰라도 걸음을 멈춰라!"

직후, 날카로우면서도 강맹한 기운이 농원 내부로 짓쳐 들어갔다.

"놈들이 아기의 방으로 간다! 막아!"

능상악은 찰나도 지체하지 않고 몸을 날렸다.

그가 밖으로 나가기도 전에 신음이 들렸다.

"크윽!"

덜컹!

문을 박차고 밖으로 나간 능상악은 아기가 있는 방을 바라보았다.

방문은 부서져 있고, 부서진 방문 앞에는 무사 하나가 가슴에서 피를 흘리며 안간힘을 다해 일어나려 하고 있었다.

그가 데리고 온 수룡위사대 일조원 일곱 중 하나였다.

나머지 일조원 여섯은 흑의괴인 넷과 뒤엉켜서 치열하게 싸우고 있었다.

쩌저정! 채챙!

수룡위사대 중에서도 고르고 고른 일조원들이다. 숫자도 그들이 많았다. 그럼에도 흑의인들에게 밀렸다.

능상악은 그들을 놔둔 채 아기가 있는 방 안으로 뛰어들었다.

목과 풍만한 가슴에서 시뻘건 피가 쏟아지는 유모가 보였다. 그런데 그녀에게 안겨 있어야 할 아기가 보이지 않았다.

방의 반대쪽 창문이 부서진 상태.

그야말로 숨 한 번 쉴 시간 만에 침입자가 아기를 납치해 간 것이다.

"빌어먹을!"

그는 곧장 부서진 창문을 통해 뒤뜰로 나갔다.

그 직후, 구양우경이 미친 듯이 소리치며 방으로 들어왔다.

"우리 진아! 진아야! 진아야!"

그는 피로 범벅된 방 안을 둘러보더니 몸을 덜덜 떨었다.

"지, 진아…… 우리 진아가, 내 진아가……."

덜덜 떨며 쉴 새 없이 두리번거리는 그의 두 눈에서 광기가 일렁거렸다.

막 산을 넘어가던 초강은 산 너머 계곡 쪽에서 싸우는 소리가 들리자 흠칫하며 걸음을 멈췄다.

소리만 들어도 예사로운 싸움이 아니었다.

'상당한 실력을 지닌 자들이 싸우고 있다!'

그는 암경회 사람들을 바라보았다.

그들이 암경회에서 한가락 하는 자들일지는 몰라도 강호의 고수들을 상대할 정도는 아니다.

저 너머에서 싸우는 자들이 적이라면 목숨을 부지하기가 쉽지 않을 것이다.

"당신들은 여기 있으시오."

암경회 무사 셋도 심상치 않음을 느끼고 바짝 긴장한 터였다.

강호 고수들의 싸움에 끼어들 마음이 조금도 없던 그들은 초강의 말이 고맙기만 했다.

"예? 예."

"내가 넘어간 후로도 계속 싸우는 소리가 나거든, 즉시 돌아가서 사람들에게 알리시오."

"알겠습니다, 공자."

초강은 그들을 놔두고 능선을 넘어갔다.

싸우는 소리가 좀 더 확실하게 들렸다.

'사형들이나 조량이 왔을 리는 없다. 그럼 누구지?'

누가, 왜 싸움을 벌이는 걸까?

그 때 누군가의 외침이 들렸다.

"진아야! 진아야아아!"

초강이 눈을 치켜떴다.

진아!

대형 아기의 이름이 아닌가?

그는 몸을 낮추고 싸우는 소리가 나는 곳으로 전진했다.

산을 거의 다 내려갔을 즈음 비명이 들렸다.

"으악!"

"아기를 안은 놈을 막아!"

"대공자를 지켜라!"

산을 내려가자 골짜기에서 싸우는 자들이 보였다.

초강은 숲 속에 몸을 숨기고 상황을 살펴보았다.

네다섯 명이 뒤엉켜서 격전을 벌이고 있었다. 그중 한 사람은 초상으로 봤던 능상악이었다.

그가 흑의인 둘에게 가로막힌 사이, 또 다른 흑의인 둘이 아기를 안고서 도주하고 있었다.

'빌어먹을! 천사교 놈들이다!'

아기를 안고 도주하는 걸 보니 아기에 대해서 모든 사실을 아는 것 같다. 누구의 아기인지, 왜 이곳에 있는지.

최악의 상황!

이를 악문 초강은 도주하는 자들을 쫓아갔다.

지금쯤은 능선 너머에 남은 암경회 사람들도 아기가 있다는 것을 알았을 것이다. 그들이 사람들을 데려올 때까지 놓쳐선 안 되었다.

추적을 시작한 지 일각.

흑의인과의 거리가 삼십여 장으로 줄어들었다. 조금만 더 쫓아가면 놈들을 따라잡을 수 있을 듯했다.

초강은 흑의인과의 거리가 좁혀지자 더욱 조심해서 움직였다.

신법을 보니 자신보다 강할 것 같진 않았다. 둘이라 해도 상대해 볼 만했다.

문제는 아기였다.

아기가 다치기라도 하면 큰일, 함부로 공격할 수가 없었다.

지금으로선 그 점이 가장 마음에 걸렸다.

'일단 시간을 끌면서 지체시켜야 해.'

그 때 도주하던 자들이 초강의 추적을 눈치챘다.

아기를 안은 자는 계속 달리고, 다른 한 사람은 걸음을 멈췄다.

이를 악문 초강은 달리던 그대로 흑의인을 공격하며 소리쳤다.

"천사교의 쥐새끼들! 아기를 내놓아라!"

땅을 박차고 이 장 높이로 뛰어오른 그는 흑의인의 머리 위로 떨어지며 쌍장을 떨쳤다.

후우웅!

강맹한 장풍이 흑의인을 덮쳤다.

흑의인은 검을 뻗으며 추강의 장에 정면으로 맞섰다.

마음이 다급해진 초강은 전력을 다해서 광선장법을 펼쳤다.

그는 이제 예전의 이류무사가 아니었다. 일류를 넘어서 절정경지에 이른 고수였다.

폭풍처럼 밀려간 장세는 단숨에 흑의인의 검세를 밀어냈다.

그러나 사밀영에 속한 흑의인 역시 약한 자가 아니었다.

그는 초강의 접근을 막으며 아기를 안은 동료가 멀어지도록 시간을 끌었다.

초강은 전력을 다해서 흑의인을 몰아붙였다.

그렇게 칠팔초가 지났을 때, 초강의 장력이 흑의인의 검세를 뚫고 가슴을 두들겼다.

떠덩!

"크윽!"

강력한 장력에 적중당한 흑의인은 신음을 토해 내며 대여섯 걸음 물러섰다.

초강은 그를 놔둔 채 앞으로 몸을 날렸다.

아기를 안은 자가 굽이를 돌아가서 보이지 않았다.

거리가 더 벌어지면 놓칠지도 모르는 일.

전력으로 달려간 그는 아기를 안은 자가 먼저 지나간 굽이를 돌아갔다.

저만치 아기를 안은 자가 보였다.

하지만 초강은 그를 보고도 급히 걸음을 멈춰야만 했다.

아기를 안은 자가 커다란 바위 밑에서 흑의인 셋과 만나고 있었다.

이미 흑의인과 접전을 벌여 본 그였다.

둘만 공격해 와도 그로선 부담이었다.

'제기랄!'

그가 걸음을 멈추자 흑의인 중 둘이 도검을 빼 들고 초강을 향해 몸을 날렸다.

후퇴하기에 늦은 상황.

초강은 공력을 팔성까지 끌어 올리고 그들을 향해 마주쳐 갔다.

거리가 순식간에 좁혀졌다.

초강은 처음부터 광선장법을 펼쳤다.

허리를 젖혀서 날아드는 검기를 피한 그는 허리를 젖힌 그 대로 몸을 허공에서 한 바퀴 휘돌리며 장력을 떨쳤다.

파팡!

허공이 터져 나가며 강력한 장세가 상대의 가슴으로 파고 들었다.

흑의인은 검을 연이어 다섯 번 휘둘러서 장세를 완화시키 고 한 걸음 물러섰다.

그사이 도를 든 자가 초강을 공격했다.

허공을 난자하며 날아드는 도세는 거리가 석 자 이상 떨어 져 있는데도 살을 벨 것처럼 날카로웠다.

초강은 태극문의 신법인 태극팔상보를 펼쳐서 공격을 피 하며 상대의 공세에서 멀어졌다.

그러자 기다렸다는 듯 검을 든 자가 다시 공격해 왔다.

그렇게 막상막하의 접전을 펼치며 순식간에 십사오 초가 흘렀다.

초강으로서는 엄청난 발전이라 할 수 있었다.

전이었다면 단 오초도 견디기 힘든 고수 둘을 혼자 상대 하며 비등한 접전을 펼치고 있는 것이다.

하지만 지금은 자신의 성취에 기뻐할 정신도 없었다. 아기를 안은 자가 다른 흑의인과 함께 떠나가고 있었다.

"타앗!"

기합을 내지른 그는 상대의 공격 속으로 몸을 던졌다.

수세 일변도던 그가 갑자기 공세로 돌아서자 검을 든 자가 멈칫했다.

초강은 그 기회를 놓치지 않고 쌍장을 휘두르며 상대의 가슴으로 파고들었다.

파바방!

허공이 터져 나가는 폭음과 함께 검세가 흐트러졌다.

뒤이어 한 뼘가량 벌어진 상대의 빈틈 사이로 장력을 떨쳤다.

"어림없다!"

칼을 든 자가 측면에서 초강을 공격했다.

그러나 초강은 손을 멈추지 않았다.

쾅!

검은 든 자가 가슴에 일격을 얻어맞고 입을 쩍 벌린 채 일 장가량 튕겨 나갔다.

동시에 몸을 트는 초강의 어깨를 칼날이 훑고 지나갔다.

섬뜩한 느낌과 함께 어깨가 저릿했다.

그러나 초강은 물러서지 않고, 몸을 틀면서 도세 속으로 뛰어들었다.

도를 든 자는 생각도 못 한 듯 눈을 크게 뜨고 도를 휘둘렀다.

"이놈이!"

쩌저정!

초강은 눈 한 번 깜박이지 않고 상대의 도세를 쳐 냈다. 그러고는 찰나의 틈이 보이자 주먹을 비틀어서 내질렀다.

주먹에서 발출된 경력이 한 자 거리를 두고서 도를 든 자의 어깨를 강타했다.

퍽!

"커억!"

뒤이어 초강이 땅을 박차고 달려들며 번개처럼 팔장을 내질렀다.

가히 폭풍 같은 공격이었다.

퍼버버벅!

"크어억!"

도를 든 자는 찰나간에 오장을 두들겨 맞고 입에서 피를 뿜으며 뒤로 날아갔다.

초강도 수비를 도외시하고 공격을 하는 바람에 상처가 두어 군데 더해지면서 온몸이 빠르게 피로 물들었다.

하지만 그는 촌각도 머뭇거리지 않고, 아기를 안고 사라진 자를 쫓기 위해 돌아섰다.

'놓치면 안 돼!'

그 때였다.

처음에 마주쳤던 흑의인이 어느새 쫓아와서 그의 등을 향해 몸을 날렸다.

등 뒤로 밀려드는 섬뜩한 검기!

'제기랄!'

아무리 급해도 실을 바늘허리에 매어서 쓸 수는 없는 일.

초강은 땅을 박차고 허공으로 뛰어올랐다.

이 장 허공에서 공중제비를 돈 그는 밑으로 떨어져 내리며 거꾸로 흑의인을 공격했다.

흑의인도 전력을 다해서 맞섰다.

두 사람이 격돌한 지 오초, 초강의 강력한 일권이 흑의인의 가슴에 격중했다.

"푸억!"

그러잖아도 심각한 내상을 입고 있던 흑의인이 피를 토하며 튕겨 나가더니 바위에 처박히며 앞으로 꺼꾸러졌다.

초강은 아기를 안은 자가 사라진 곳으로 고개를 돌렸다.

순간 짜릿한 통증이 몸 여기저기서 엄습했다.

지금 상태로는 쫓아간다 해도 잡을 수 없는 상태. 이를 악문 그는 그 자리에 앉아서 옷을 찢어 상처를 싸맸다.

'일대에는 암경회 사람들이 깔려 있다. 놈들이 서쪽으로 가려면 그들의 눈에 띌 수밖에 없어.'

*　　　*　　　*

　　진원보를 출발한 북궁천은 이튿날 아침 사시 무렵 남소에 도착했다.

　　가슴이 숯처럼 새카맣게 탄 그는 식사할 정신도, 기분도 아니었다.

　　적이 아기를 노리고 사람을 보냈다면 자신보다 하루 먼저 떠났다고 봐야 했다.

　　그렇다면 지금쯤 아기를 찾아냈을지도 모르는 일. 촌각이 아까웠다.

　　그런데 북궁천이 곧장 포원산장으로 가려 하자, 임강령이 멈춰 세웠다.

　　"잠깐만 기다리시게."

　　"왜 그러십니까?"

　　"근처에 내가 잘 아는 사람이 있네. 제법 정보에 밝은 사람이니 어제 오늘 사이에 포원산장 근처에서 무슨 일이 벌어졌다면 그가 알 거네. 그러니 잠깐 쉬는 셈치고 그를 만나 보고 가면 어떻겠나?"

　　북궁천은 순순히 그의 의견을 받아들였다.

　　오백 리를 거의 쉬지 않고 달려왔다.

　　다른 사람도 조금씩은 지쳤지만, 특히 진원보 싸움에서 부상을 입은 북풍사객은 얼굴이 백짓장처럼 창백해진 상태였다.

그 몸으로 지금까지 처지지 않고 따라와 준 것만 해도 다 행이었다.

"앞장서시죠."

임강령은 남소에서 북쪽으로 십 리가량 떨어진 풍가장으로 갔다.

풍가장은 고색창연한 건물 대여섯 채로 이루어진 아담한 장원이었는데, 주인인 풍사청은 남소 일대에서 나름대로 유명했다.

나이 마흔둘에 남소 일대 기루를 장악하고, 남소의 흑도 무리를 한 손에 쥔 사람이 바로 그였던 것이다.

그럼에도 그는 워낙 철저하게 자신의 정체를 숨겨서 남소 사람 중 그 사실을 아는 사람이 몇 없었다.

아침부터 나이 어린 첩을 껴안고 용을 쓰던 그는, 임강령이 왔다는 말을 듣더니 품 안의 첩을 던져 버리고 뛰어나왔다.

"아이고, 임 대협! 이게 몇 년 만입니까?"

통통한 몸매, 둥근 얼굴. 떴는지 감았는지 모를 정도로 가는 눈 가장자리로 환한 웃음이 번졌다.

마치 헤어졌던 친구를 십 년 만에 만난 것처럼 반가운 표정.

하지만 임강령은 그의 표정을 믿지 않았다.

아마 속으로는 '저 웬수가 무슨 일로 왔지?' 그렇게 외치고 있을 것이다.

삼 년 전 자신에게 두들겨 맞고 부러진 갈비뼈가 아직도 욱신거릴 테니까.

"부탁 하나 할 게 있어서 왔다."

"임 대협께서 저처럼 별 볼 일 없는 흑도인에게 부탁하실 게 있다니, 내일은 해가 서쪽에서 뜨려나 봅니다."

"너하고 농담할 시간 없다. 잔소리 말고 내가 하는 말을 잘 들어라."

움찔한 풍사청은 눈을 내리깔았다.

"말씀해 보십쇼."

"어제와 오늘 새벽까지 포원산장 북쪽 이삼십 리 안쪽에서 무슨 일이 벌어졌는지 최대한 빨리 알아봐라. 만약 싸움이 벌어졌다면 어떻게 되었는지도 알아봐."

"언제까지……."

"반 시진. 우리가 식사를 끝낼 때까지 알아 와라."

"예? 여기서 포원산장까지 이백 리나 되는데, 어떻게 한 시진에……."

"어제 벌어진 일은 이미 다 알 것 아니냐? 그리고 아침 일찍 벌어진 일도 지금쯤 속속 정보가 들어오고 있을 것이고."

풍사청은 머리를 벅벅 긁으며 임강령의 눈치를 봤다.

"그거야 뭐……."

"지금도 아까운 시간이 흐르고 있다. 빨리 가서 알아봐!"

그 때 북궁천이 말했다.

"흑도에 몸을 담고 있다면 왕두평을 알겠군."

눈을 돌려 북궁천을 바라본 풍사청은 눈이 마주치자 몸을 부르르 떨었다.

끝 모를 지저 속으로 빠지는 기분이 이러할까?

숨이 턱 막혀서 몸이 굳어 버린 듯했다.

그나마 능글맞은 성격 덕분에 가까스로 숨을 몰아쉰 그는 입술을 잘게 떨며 물었다.

"와, 왕두평이라니요? 어떤 왕두평을 말씀하시는지……?"

"남양 암경회의 회주."

풍사청의 눈꺼풀이 잠자리 날개처럼 떨렸다.

그는 더 이상 모른 척하진 못하고 조심스럽게 물어보았다.

"공, 공자께선 그분을 어떻게 아십니까?"

"며칠 전 그에게 한 가지 일을 시킨 적이 있지. 어떻게 되었는지 모르겠군."

암경회의 왕두평은 환락방을 누르고 남양 제일의 흑도 세력이 되었다.

풍사청과는 비교가 되지 않는 거물.

그런 왕두평에게 일을 시키다니!

풍사청은 감히 눈도 제대로 마주치지 못하고 머리를 굴렸다.

"그럼 임 대협께서 말씀하신 일도 그 일과 관련이 있는 것입니까?"

북궁천은 천천히 고개를 끄덕였다.

"최대한 빨리 알아봤으면 좋겠군."

왕두평이 관련되어 있다면 미적거릴 수 없었다.

더구나 북궁천은 눈이 마주친 것만으로도 오한이 드는 자다. 이런 자의 말을 거부해 봐야 말년만 힘들 뿐.

그는 황제의 명이라도 받은 것처럼 허리를 깊숙이 숙이며 대답했다.

"알겠습니다요. 지금 즉시 알아보겠습니다."

第十章

추적(追跡)

　암경회 무사 정만중이 이정한 일행을 만난 것은 오시 초였다.

　남소에서 북서쪽으로 삼십 리쯤 떨어진 마을 입구에서 나오는 그들을 발견한 것이다.

　숨을 헐떡거리며 달려오는 그를 이정한이 보고 걸음을 멈췄다.

　"어? 저자는 초강과 함께 갔던 친구 아냐?"

　이정한 일행 앞에 도착한 정만중은 숨을 고를 시간도 아깝다는 듯 다급히 말했다.

　"공자, 아기가 있는 곳을 찾았습니다!"

그때만 해도 이정한은 흥분을 감추지 못했다.

"그래요? 지금 어디 있습니까?"

"포원산장 북쪽에서 찾긴 찾았는데, 아무래도 무슨 일이 벌어진 것 같습니다."

"무슨 말이오?"

정만중은 당시의 상황을 자세히 설명해 주었다.

그의 말을 들은 이정한은 마음이 다급해졌다.

"빌어먹을! 누군가가 아기를 노리고 있다면 초강 혼자서 감당할 수 없을 텐데……."

동호량이 다급히 말했다.

"사형, 빨리 가 봅시다."

하지만 이조량은 생각이 조금 달랐다.

"그곳에 있는 자들은 아기를 지켰든 뺏겼든 그곳을 떠났을 겁니다. 그럼 초강 형님이 뒤를 쫓고 있을 겁니다."

빠르게 자신의 생각을 말한 그가 정만중을 바라보았다.

"근처의 당신네 사람들에게 연락할 수 있소?"

"예, 공자."

"그럼 포원산장 쪽에서 이동하는 자들 중 수상한 자들이 보이면 우리에게 전해 주라 하시오. 우리는 그곳에서 서쪽으로 향하는 이동로를 살펴보고 있을 테니까."

"알겠습니다, 공자."

정만중이 이정한 등을 만나던 그 시각.

상처를 손보고 일어선 초강은 아기를 데리고 사라진 흑의인들을 뒤쫓았다.

하지만 산줄기 사이로 뻗은 길을 삼십 리가량 달렸는데도 꼬리가 보이지 않았다.

초조감이 그의 가슴을 짓눌렀다.

상대는 천사교 무리. 아기의 안전보다 아기의 몸 자체를 원하는 자들이었다.

아기가 힘들어하든 말든 상관하지 않고 거리를 벌리는 것에만 전력을 다하는 듯했다.

'빌어먹을 놈들.'

그 때, 저 앞쪽 굽이에서 몇 사람이 나타나더니 빠르게 다가오는 것이 보였다.

모두 아홉. 그들을 바라보던 초강의 눈빛이 반짝였다.

그는 다가오는 자들을 향해 달려가며 소리쳤다.

"황보 형! 종리 형!"

초강을 알아본 황보청의 눈이 커졌다.

"초강!"

인사를 나눌 시간도 없었다.

초강은 황보청과 종리기진에게 빠르게 상황을 설명했다.

"그래서 쫓고 있는 중입니다. 그런데 여기까지 오시면서 그들을 보지 못했습니까?"

황보청이 심각한 표정으로 고개를 저었다.

"그런 자들은 보지 못했네."

듣고 있던 사람들 중 도복을 입은 청년 도인이 굳은 표정으로 말했다.

"아무래도 중간에서 방향을 튼 것 같소."

무당의 기재인 명우였다.

그와 남궁성, 소림의 지광, 제갈기가 무림맹의 일원으로서 따라온 것이다.

그의 말에 남궁성도 한마디 보탰다.

"북쪽 길로 돌아서 가려는 생각이 아닌가 싶소. 먼 길을 돌아가는 대신 그만큼 눈에 띄지 않을 테니까 말이오."

"여기서 이러고 있을 시간이 없소. 초강, 오면서 북쪽으로 꺾어지는 길이 없었나?"

황보청이 다급한 어조로 초강에게 물어보았다.

초강은 기억을 더듬으며 답했다.

"십 리 뒤쪽에서 길이 갈라지는데, 그중 하나가 북쪽으로 꺾어집니다."

"일단 그곳까지 가 보세."

"사형들이 멀지 않은 곳에 있습니다. 누구 한 분이 이곳의 소식을 전해 주십시오."

황보청이 고개를 돌려 뒤쪽에 서 있는 사람 중 삼십 대 장한을 바라보았다.

그는 백검맹의 무사로 고원설이라는 자였다.

"고 형이 가주시오."

"어디로 가야 하오?"

고원설의 질문에 초강이 상황을 설명해 주었다.

"사형들은 남소 북쪽을 수색하고 있습니다. 그분들을 만나지 못하더라도 누군가를 찾고 있는 무사들을 보면 남양의 암경회 사람이냐고 물어보십시오. 암경회 사람들이 우리를 돕고 있으니 그들에게 말을 전해도 됩니다."

"알겠소."

고원설이 일행에서 빠져나와 남소 쪽으로 달려가자, 초강은 황보청 등을 자신이 온 길로 안내했다.

                    *   *   *

북궁천은 반 시진이 되기도 전에 풍가장을 나섰다.

그가 음식을 모래 씹듯이 씹고 있는데 풍사청이 헐레벌떡 뛰어와서 말했다.

"오전에 포원산장이 운영하는 농원에서 싸움이 벌어졌다고 합니다. 그곳에서 사람이 몇 죽었는데, 들리는 말로는 그곳을 공격한 자들이 고아로 보이는 아기를 데려갔다고 합니다."

그 아기는 고아가 아니라 자신의 아이일 것이다. 그리고 그 아기를 탈취해 간 자들은 천사교 무리가 분명하다.

북궁천은 풍사청의 말을 듣자마자 자리에서 일어났다.

다행히 북풍사객도 그사이 운공조식을 행해서 상태가 많이 나아져 있었다.

그렇게 풍가장을 나온 북궁천은 동쪽으로 방향을 잡고 걸음을 옮겼다.

한 걸음, 한 걸음 걸을 때마다 그의 전신에서 살을 에는 살기가 흘러나왔다.

'가만 놔두지 않으리라!'

장추람이 흠칫 몸을 떨며 넌지시 말했다.

"주군, 소군을 납치한 자들이 아직 발견되지 않았다면 방향을 틀었다고 봐야 하지 않을까요?"

"암경회 사람들이 이 일대에 깔려 있는데도 아직 알지 못하고 있는 걸 보면 그럴지도 모르겠군."

북궁천은 장추람의 말에 동의하고 임강령을 바라보았다.

"그곳에서 섬서로 넘어가는 길을 잘 아십니까?"

"알고 있네."

"어느 쪽으로 갔을 거라 보십니까?"

임강령이 잠시 생각하더니 입을 열었다.

"나라면 북서쪽의 계곡 길을 관통할 거네. 상당한 거리를 돌아가긴 하겠지만 정파 연합의 눈을 피할 수 있을 테니까 말이야."

북궁천 역시 임강령의 말이 옳게 느껴졌다.

"그럼 그쪽으로 가죠."

북궁천 일행이 암경회 사람을 만난 것은 풍가장을 나선 지 삼각 정도 지났을 때였다.

그들에게서 태극문 제자와 이조량은 물론이고, 정파 연합에서 온 사람들마저 북쪽 길로 갔다는 말을 들은 북궁천 일행은 날듯이 달렸다.

*　　　*　　　*

모두의 눈이 북쪽 길로 쏠렸을 때였다.

평범하게 보이는 무사 셋이 방성 외곽의 마장(馬場)에 나타났다.

그들 중 하나는 등에 커다란 보따리를 매고 있었는데, 그들 중 하나가 마장으로 들어오더니 마차가 있는 곳으로 향했다.

"헤헤헤. 무사님, 마차를 사시려고요?"

입구 근처에 있던 장사꾼 노인 하나가 재빨리 그에게 다가

가더니 살갑게 웃으며 말을 걸었다.

"그렇소."

"그럼 저 마차는 어떻습니까?"

장사꾼 노인이 손을 들어서 낡은 쌍두마차를 가리켰다.

"말 두 마리까지 합해서 은자 팔십 냥입죠. 그 가격이면 공짜나 다름없습니다요."

무사는 마차와 말을 살펴보았다.

낡은 마차 옆에 말 두 마리가 매여 있었다. 그런데 노마가 아닌 것만 제외하면 한눈에 봐도 형편없다는 게 절로 느껴질 정도였다.

다리도 짧고, 머리는 크고. 거기다 눈빛이 탁한 걸 보니 멍청할 것 같았다.

"저런 마차와 말을 팔십 냥이나 줘야 한단 말이오? 아무래도 다른 것을 알아봐야겠군."

"헤헤헤, 생긴 것은 저래도 힘은 좋습죠. 빨리 달리진 못해도 지구력이 좋아서 장시간 가는 것은 오히려 저런 말이 낫습니다요."

돌아서려던 무사가 그 말에 멈칫했다.

"육십 냥으로 합시다. 그 이상은 주고 싶어도 돈이 없소."

"그럼 제가 손핸데……."

노인은 난감한 표정을 지으며 말을 길게 끌더니, 크게 인심 쓴다는 듯 말했다.

"에이, 좋습니다. 그렇게 합시다요. 마지막 남은 마차니 떨고 가야겠습니다요."

결국 무사는 땅딸막한 말 두 마리와 낡은 마차를 은자 육십 냥에 샀다.

노인은 육십 냥을 건네받고 아쉬운 표정을 감추지 못했다.

"괜히 이 마차를 인수해서 열 냥이나 손해 봤군. 오늘은 정말 재수 옴 붙은 날이라니까."

투덜거린 그는 은자를 확인해 보고 품속에 넣었다.

그 때 청년 하나가 건들거리며 다가왔다.

"어이구, 육 노인. 마차 다 파셨나 보네요?"

"그래, 열 냥이나 손해 보고 팔았다."

"그래요? 낄낄낄. 저분들 오늘 운 좋으시네. 육 노인처럼 양심적인 분 아니었으면 바가지 썼을 텐데요."

마차를 산 무사는 그 말에 기분이 풀어진 듯 찜찜한 표정을 털어 내고는 마차를 끌고 마장 밖으로 나갔다.

보따리를 맨 무사와 또 다른 무사가 마차로 다가갔다.

먼저 보따리를 맨 무사가 마차 문을 열어 안을 살펴보고는 보따리를 풀어서 마차 안에 넣었다.

그 순간, 보따리가 꿈틀거렸다.

아니, 정확히는 보따리 안에서 뭔가가 꿈틀거렸다.

보따리를 매고 있던 무사가 이마를 찡그리며 중얼거렸다.

"썩을, 그 사이 또 쌌군."

투덜거리며 마차 안으로 들어간 그는 바로 마차문을 닫았다.

그 후 나머지 두 사람이 마부석에 타더니 마차를 몰고 마장을 벗어났다.

노인은 그 모습을 힐끔 쳐다보고 나직이 웃었다.

"크크크, 애물단지를 삼십 냥이나 남기고 팔았군. 저런 멍청이들 하루에 하나만 걸려도 금방 부자가 될 텐데 말이야. 안 그런가, 오귀?"

그런데 오귀라 불린 청년은 무슨 생각을 하는지 제법 심각한 표정이었다.

"왜 그런 표정인가?"

오귀는 노인이 의아한 표정으로 물어본 후에야 정신을 차렸다.

"아무것도 아닙니다."

"오늘은 기분 좋으니까 특별히 한 냥 더 주지."

마차 주인은 기분 좋게 넉 냥은 빼서 오귀에게 건네주었다.

오귀는 은자를 낚아채고 마차가 사라진 곳을 노려보았다.

'분명히 보따리 안에서 뭔가가 꿈틀댔어.'

게다가 무사가 나직이 중얼거린 말이 계속 귓속을 맴돌았다.

'또 쌌다고?'

문득 마차 안으로 들어가는 무사의 등이 축축한 게 떠올랐다.

'설마 아기가 오줌이라도 쌌단 말……?'

순간, 오귀의 표정이 딱딱하게 굳었다.

그 때 마차 주인인 육 노인이 크게 인심 쓰듯이 말했다.

"이봐, 내가 한잔 살 테니 함께 가세."

오귀는 암경회에서 운영하는 방성 마장의 경비 책임자였다. 잘 보여서 나쁠 게 없었다.

하지만 오귀는 들은 척도 하지 않고 갑자기 마장 밖으로 뛰어나갔다.

*　　　*　　　*

초강과 황보청 일행은 갈림길에서 북쪽으로 방향을 꺾어 삼사십 리를 달려갔다.

그런데 어느 순간 초강이 우뚝 멈춰 섰다.

"잠깐만 기다리십시오."

"왜 그런가?"

황보청의 의아한 표정으로 물었다.

도주한 자들이 아직도 보이지 않았다. 한시가 급한 판이었다.

"부상당한 곳 때문에 그러나? 그럼 자넨 여기서 쉬었다 오게. 우리가 먼저 갈 테니까."

"그게 아닙니다."

"그럼?"

초강은 앞쪽을 보며 눈빛을 빛냈다. 하지만 표정은 그리 밝지 않았다.

"놈들이 제아무리 신법이 뛰어나도 아무런 흔적도 남기지 않고 여기까지 올 순 없습니다. 그리고 저기……."

초강이 말을 하며 앞을 가리켰다.

비 때문인지 계곡의 한쪽이 무너져서 시뻘건 황토가 길을 가로막다시피한 상태였다.

"무너진 곳이 십 장이 넘습니다. 그리고 황토가 대부분이지요. 그런데 짐승 외에는 지나간 자국이 없습니다. 물론 답설무흔의 경지에 이른 고수가 신중을 기해서 저곳을 지나갔다면 발자국을 남기지 않았겠지요. 하지만 제가 본 그들은 그 정도의 고수도 아니고, 그 점까지 신경 썼을 것 같지도 않습니다."

그제야 황보청을 비롯해서 연합 세력 무사들의 표정이 굳어졌다.

"그럼 자네 말은 그들이 이곳으로 오지 않았다는 건가?"

초강이 고개를 돌리고 힘없는 목소리로 말했다.

"아무래도 그런 것 같습니다."

"제기랄! 그럼 놈들이 어디로 간 거지?"

"무량수불, 그들에게 허를 찔린 것 같소."

명우가 이마를 찌푸리며 자신의 생각을 말했다.

"허를 찔렸다?"

명우의 말을 되뇌던 황보청이 고개를 들어 하늘을 올려다보았다.

"하늘로 날아서 가지 않았다면, 남쪽으로 내려갔단 말이군."

정말 빌어먹을 일이었다.

다시 되돌아간다면 한 시진 이상 차이가 난다.

그 시간이면 적이 백 리는 도망갔을 터. 그만큼 따라잡기가 어려워질 것이었다.

그런데 삼성궁의 대표로 따라온 천기룡이 의견을 내놓았다.

"저들은 어차피 섬서로 들어가려고 할 겁니다. 그렇다면 무작정 뒤를 쫓을 게 아니라 앞서가서 막는 게 낫지 않겠습니까?"

"그게 좋겠소."

구양환의 조카인 구양화가 천기룡의 의견에 찬성표를 던졌다.

황보청도 마땅한 대책이 없던 터라 천기룡의 의견을 따르기로 했다.

"좋소. 그럼 일단 돌아가서 저들의 앞을 가로막을 계획을 세워 봅시다."

황보청 일행은 계곡 길을 거의 다 빠져나와 갈림길에 도착
했을 때, 암경회 무사의 말을 듣고 달려오던 이정한 일행을
만났다.

그들은 인사를 나눌 틈도 없었다.

초강에게 사정을 들은 이정한은 안색이 창백해졌다.

"젠장! 그게 사실이면 정말 큰일이군. 빨리 갑시다."

그런데 그들이 출발하기 직전, 또 다른 사람들이 합류했
다.

"구양 공자!"

누군가가 외치면서 달려오는 게 보였다.

그들을 본 구양화가 눈을 크게 뜨고 소리쳤다.

"능 대주!"

이정한 등도 달려오는 사람을 알아보고 표정이 굳었다.

달려오는 자는 수룡위사대 대주인 능상악과 수룡위사대
원 셋이었다.

능상악은 흑의인들과 초강이 지나간 흔적을 추적하던 중
에 황보청 일행을 발견했다.

그런데 모여 있는 자들 속에 천기룡과 구양화가 있는 것이
아닌가?

만나야 할지 아니면 피해 가야 할지 갈등이 일었다.

하지만 이미 벌어진 일. 피한다고 해서 해결될 일이 아니었
다.

당장은 아기를 찾는 게 급선무.

그는 그들을 만나서 자초지종을 설명하고 아기를 찾는 게
나을 거라 판단했다.

"홍, 아기를 뺏기고 나니 똥줄이 타나 보군."

이정한이 코웃음 치며 능상악을 노려보았다.

능상악의 얼굴은 초상을 워낙 많이 봐서 몇 번이나 만난
사람 같았다.

그 말을 들은 능상악의 표정이 와락 일그러졌다.

하지만 그는 입이 열 개라도 할 말이 없는 입장. 이를 악물
고 분노를 참았다.

"나도 내 잘못을 잘 안다. 하지만 내가 왜 그대에게 그런
소리를 들어야 하는지 모르겠군."

"모른다고? 우리는 헌원 소저의 부탁을 받고 단 대형과
함께 아기를 찾으려고 온 사람이오. 당연히 당신에게 뭐라고
할 자격 있는 사람들이란 말이오. 구양 궁주의 명령으로 헌
원 소저의 아기를 숨겼으면 제대로 지키기라도 해야지, 왜 천
사교 놈들에게 빼앗긴 거요? 홍, 아기를 뺏기고도 그런 말은
듣기 싫은가 보군."

이정한이 강하게 구석으로 몰아붙이자, 능상악의 몸이 사

시나무처럼 떨렸다.

그 때 천기룡이 나서서 말했다.

"그만하시오. 지금은 아기를 찾는 게 무엇보다 중요하오. 우리끼리 싸울 시간이 없소이다."

능상악은 차대 삼성궁주로 내정된 천기룡의 말을 무시하지 못했다.

"죄송합니다, 소궁주."

"이 형도 참으시오. 능 대주는 궁주의 명을 수행했을 뿐이오. 그렇다고 해서 잘못이 없는 것은 아니지만, 그 일은 나중에 따져도 되지 않겠소?"

이정한도 그쯤에서 물러났다.

"알겠소. 하지만 이 점만은 분명히 아셔야 할 거요. 아기를 찾지 못하면 삼성궁에 날벼락이 떨어질 거라는 걸."

천기룡은 삼성궁을 얕보듯이 말하는 이정한의 말에 기분이 조금 상했지만 당장 따지지는 않았다.

"그만하고 출발합시다. 능 대주도 자신의 잘못을 안다면 최선을 다해 주시오."

"알겠습니다."

　　　　　*　　　*　　　*

북궁천도 황보청 일행과 비슷한 시점에서 발걸음을 멈췄

다.

철교신 때문이었다.

평소 둔하게 보이는 그가 가끔은 사람의 뒤통수를 때리는 말을 하곤 했다.

이번에도 마찬가지였다.

"놈들이 길을 잘 몰라서 엉뚱한 곳으로 갔으면 어떡하지?"

그가 냉호에게 걱정된다는 투로 하는 말을 듣고 북궁천이 갑자기 멈춰 선 것이다.

"어? 주군, 저는 그냥 걱정되어서 한 말일 뿐입니다. 정말입니다."

철교신이 지레 놀라서 변명을 늘어놓았다.

하지만 북궁천이 멈춰 선 것을 그를 야단치기 위함이 아니었다.

"엉뚱한 곳으로 간다? 만약 길을 몰라서 그런 것이 아니라, 처음부터 그렇게 계획을 세우고 움직인 거라면?"

혼잣말처럼 중얼거린 그가 임강령을 바라보았다.

"마음이 급해서 소존이 여우 같은 자라는 걸 깜박했습니다. 더구나 그의 곁에 혈뇌마저 있거늘……."

"그럼 궁주는 그들이 북쪽으로 가지 않았다고 보는가?"

"그자들을 소존이나 혈뇌가 직접 보냈다면, 아기를 얻었을 때의 퇴로까지 지시했을 겁니다. 그렇다면 빤히 예측할 수 있는 북쪽으로 돌아가는 길을 퇴로로 정했을 가능성은 그다지

크지 않습니다."

북궁천의 말뜻을 이해한 임강령이 사태의 심각성을 깨닫고 침음을 흘렸다.

"으으음."

"그걸 또 역으로 생각했을 수도 있지 않겠습니까?"

장추람이 슬쩍 자신의 생각을 말했다.

충분히 그렇게 생각할 수도 있었다. 상대는 정파 연합 세력을 곤란하게 만든 자들이 아닌가 말이다.

그러나 임강령이 느릿하게 고개를 저었다.

"아니네, 지나친 역발상은 자기 꾀에 자기가 넘어가는 일이 발생하지. 그걸 모를 자들이 아니야. 궁주는 어떻게 할 생각이신가?"

북궁천은 고개를 돌려 남쪽을 바라보았다.

진아의 목숨이 달린 일이다.

그 역시 방향을 튼다는 게 모험이 될 수도 있다는 걸 모르지 않았다.

그러나 오가면서 확인할 시간이 없었다.

현재로서는 가능성이 큰 곳을 택하는 게 최선이다.

이를 지그시 악문 그가 결단을 내렸다.

"남양 쪽으로 갑시다. 놈들이 남쪽으로 향했다면 아직 남양 일대에서 완전히 벗어나지 못했을 겁니다."

그렇다고 해서 북쪽으로 갔을 경우도 완전히 배제하지 않았다.

"사객은 계속 북쪽 길로 가라. 이틀을 쫓았는데도 놈들의 흔적이 보이지 않으면 적미진의 객잔으로 가서 연락을 기다려라."

"예, 주군!"

*　　　*　　　*

푸드드득.

회색빛 비둘기 한 마리가 창가에 있는 비둘기집으로 들어왔다.

암경회 밀사당(密事堂) 당주 한초상은 비둘기 발목에 매달린 전통을 보고는, 구멍 속으로 손을 넣어서 먹이를 먹는 비둘기를 꺼냈다.

전통에 붉은 실이 매어져 있었다. 지급(至急)으로 전해지기를 바란다는 뜻.

반 시진 전에도 지급 서신이 왔는데 또 왔다.

'그 일과 연관 있는 건가?'

한초상은 전통을 열고 그 안에서 작은 서신을 빼냈다.

비둘기를 다시 안에 넣은 그는 서신을 보지도 않고 방을 나섰다.

지급으로 온 서신이었다. 펼쳐서 읽는 시간도 줄여야 했다.

왕두평은 서신을 펴 보고 자리에서 벌떡 일어났다.

"이런 젠장!"

"왜 그러십니까, 회주?"

왕두평은 한초상의 궁금증을 바로 풀어 주지 않고 일단 질문부터 던졌다.

"능상악을 찾는 우리 애들, 얼마나 풀어 놓았지?"

"이백 정도 됩니다."

"남양에 남은 인원은?"

"정무사만 말입니까?"

"그래."

암경회의 인원 구성은 무공을 익힌 정무사와 단순히 암경회를 따르는 흑도의 건달들로 나누어져 있었다.

그중 정무사에는 온갖 군상들이 다 모여 있었다. 문파에서 파문당한 자, 죄를 짓고 도망 다니는 자, 돈이 필요해서 팔려 오다시피 들어온 자 등등.

특히 왕두평이 욕심내서 끌어들인 몇 명은 도검이 난무하는 강호에서도 능히 한가락 할 수 있는 고수들이었다.

바로 그들이 있었기에 암경회가 환락방을 누르고 남경의 흑도 세력을 장악한 것이다.

"백오십 정도 남았습니다."

"다 끌어모아. 최대한 빨리! 밖에 나가 있는 애들도 연락해서 돌아오라고 하고."

평소 느긋하던 왕두평이 숨 쉴 틈도 없이 몰아붙이자, 한초상이 의아한 표정으로 물었다.

"회주님, 무슨 큰일이라도 있습니까?"

"읽어 봐."

왕두평은 서신을 한초상에게 넘겨주었다.

한초상은 서신을 빠르게 읽어 보았다.

서신을 읽는 그를 향해 왕두평이 물었다.

"어떻게 생각하나?"

"마차를 산 놈들이 아무래도 아기를 납치한 놈들 같군요."

"놈들이 왜 방성으로 가서 마차를 샀을 거라고 보나?"

"그야 마차를 타고 이동하겠다는 생각이겠지요."

"그럼 어디로 갈까?"

"마차를 몰고 가니 관도를 따라서…… 이런! 이쪽으로 올지도 모르겠군요."

뒤늦게 왕두평의 말뜻을 알아들은 한초상이 눈을 크게 떴다.

왕두평은 슬쩍 고개를 끄덕이고는 빠른 어조로 명령을 내렸다.

"남양 일대에 비상을 걸고 방성 쪽에서 오는 마차를 잘 살펴보라고 해. 놈들을 발견하면 철저히 감시만 하고, 명령이 있기 전까지는 절대 덤벼들면 안 된다고 단단히 주의를 줘라."

"예, 회주!"

* * *

구름이 잔뜩 낀 하늘이 수상하다 싶더니 빗방울이 떨어지기 시작했다.

봄비가 본격적으로 내릴 즈음, 마차 한 대가 당하 외곽을 지나갔다.

다리가 짧은 말 두 마리가 모는 쌍두마차였다.

그들은 안으로 들어가지 않고 마을을 비켜 가더니 외곽에 있는 마지막 객잔 앞에 멈췄다.

하지만 마차 안에 탄 사람은 나오지 않고 마부만 내렸다.

그나마도 한 사람만 객잔으로 들어가고 한 사람은 마차 옆에서 서성거렸다.

마치 마차를 지키듯이.

일각도 되지 않아서 객잔 안으로 들어간 자가 음식이 담긴 보따리를 들고 나왔다.

그들은 다시 마차에 타더니 말 머리를 돌려 당하에서 멀어졌다.

밖으로 나와 봄비 내리는 하늘을 쳐다보던 점소이가 그들을 보고 중얼거렸다.

"뭐가 그리 급해서 비 오는 길을 재촉하는 거지? 저러다 땅이 질척해지면 마차가 오갈 수도 없을 텐데 말이야."

점소이의 저주(?)를 받은 마차는 이십 리를 채 벗어나지도 못하고 멈췄다.

바퀴가 진창에 빠지면서 축이 부러진 것이다.

"조장, 축이 부러졌습니다. 아무래도 걸어가야 할 것 같습니다."

마부석에 내린 흑의인 하나가 바퀴를 살피더니 안에 대고 말했다.

안에 타고 있던 사밀영의 삼조장 마웅초는 와락 짜증이 났다.

싼 맛에 사긴 했지만 처음부터 마차가 마음에 안 들었다.

아니나 다를까 오는 내내 계속 속을 썩이더니 끝내 말썽이다.

'차라리 잘된 것인지도 모르겠군.'

사람들이 아기를 보면 의심할지 모르니 등주까지는 마차를 타고 이동하라는 명령이었다.

하지만 마차를 타고 이동한다는 것은 답답한 일이 아닐 수 없었다.

더구나 이놈의 말이 당나귀인지 말인지 모를 정도로 느렸다.

나중에 마차를 판 늙은이를 만나면 단칼에 목을 잘라 버리고 싶을 지경이었다.

그런데 마차가 달릴 수 없는 상태가 되었으니 사야승도 그를 탓할 수 없을 것이다.

그는 마음을 정리하고 아기를 챙겼다.

바퀴의 축이 부러지면서 마차가 한쪽으로 쏠린 바람에 아기가 든 보따리가 구석에 처박혀 있었다.

보따리를 구석에서 들어낸 그는 천을 들추고 아기를 살펴보았다.

그런데 느낌이 조금 이상했다.

'응?'

그는 손가락을 아기의 코에 가져다 댔다.

순간적으로 그의 표정이 딱딱하게 굳었다. 손가락에 아무런 느낌도 없는 것이다.

'뭐야? 아기가 숨을 안 쉬잖아?'

〈다음 권에 계속〉

태제 현대판타지 장편소설

MODERN FANTASY STORY & ADVENTURE

최강신화

리버스 담덕, 역천의 황제, 파천의 군주
그리고 이어지는 태제의 야심작

『최강신화』

하늘의 후손이자 신시의 아들인 최강훈.
신화시대의 계승자가 되어 이 땅을 수호하게 된 그가
앞으로 선보이는 현대판 액션 활극에 주목하라!

dream
books
드림북스

협객혼

ORIENTAL FANTASY STORY & ADVENTURE

진부동 신무협 장편소설

『스키퍼』,『철사자』,『풍운강호』의 뒤를 잇는
작가 진부동이 선보이는 진정한 전통 무협!

『협객혼』

신분도, 지위도, 이름마저 버렸다. 물려받고 남이 준 모든 것을 버렸다
믿는 것은 오직 하나, 바로 나 자신!!
자유를 느끼기 위해 모든 것을 포기한 무인 장일청.
이제, 자유로운 그의 행보에 강호의 협객혼이 깨어나리라!

dream
books
드림북스